KB152831

■ 저자(金元明) 근영

새미시선 20

겨울조각달

김원명 시집

새미

머리말

— 제4 시집을 내면서

꽃 떨어진,
빈 대궁에 홀로 앉아
조금씩 노을 쪽으로 저물었습니다.

찬 서리가 여덟 번 다녀가는 동안
세 권의 시집을 상재하였으나
번번이 아쉬움만 남긴 채
붉은 꽃으로 피어보지 못했습니다.

하지만 맨발을 딛고 서서
또다시 눈보라와 매서운 세상을 향해
생각들을 띄웁니다.

봄이 오는 소리에
이제 꽃눈을 내밉니다
만개할 날을 기다리며…

단기 4338년(서기 2015년) 봄날에
서울 마포 복사골에서
김원명

차례

|제1부|
붓끝의 숨결

|제2부|
겨울 목화송이

| 제3부 |

해와 구름과의 거리

|제4부|
아름다운 침묵

제1부

붓끝의 숨결

촛불

한 생 올곧게 펴놓고
촛농으로 녹아내리는
이 침묵.

어둠을 밀어내며
목숨이 타들어간다.
가장 낮은 바닥에 이를 때까지
멈출 수 없는 이 행로.

마침내
우주너머로 쓸려간 고통
빈자리엔 살다간 흔적만
고요히 남는다.

탱자나무

맨몸에 가시를 두른 탱자나무
겨우내 꽁꽁 언 앙가슴 펼쳐
설화雪花로 빚은 청순한 나비가 앉았던 자리에
노랗게 가을이 영글었다.

바람과 볕이 가시 사이를 비집고
시디신 향기 덧대어
감치는 개금改金*

늦가을, 밤 귀뚜라미
시린 적요를 어디로 끌고 가는지
농익은 가을이 절룩거리면
창천은 저만큼 멀어져만 간다.

한천에 몸과 맘을 헹궈서
으스러지게 안기고만 싶은데
가시로 빚은 멀고먼 향기여

---

* 佛像에 금칠을 다시 함.

독

둘이서 들기에도 무겁고
놓아버리면 깨지고 말 질그릇,
그것이 나의 삶이었다.

그토록 힘겨운 짐을 끌어안고
탓하지 않고 사느라
젖은 땀방울 위에 먼지만 덧칠했는데
맑은 물로 씻겨주지 못했다.

얼마나 버거웠기에 내려놓았을까.
그 둥근 안팎에 고인
억척스런 세월로 가득 채워
아등바등 이룬 일가一家.

네게로 젖어 드는 숨결
지금 홍시 빛 노을에 머물러
적막에 휩싸인 그 독안의 우주를
하염없이 바라본다.

개심사 종

어둠을 깨우는 맨몸의 장엄환 저 울음,
속을 텅텅 다 비운 뒤에야 비로소
소리로 산을 타고 내려가
속세에 멀리 멀리 퍼질 수 있었다.

전생이야 녹슨 쇠붙이
몇 천도 용광로에서 죽고 죽어 또 죽어서
장엄한 소리의 영혼으로 다시 사는
비우고 열반에 드는 길.

심장을 쿵 쳐야만, 쿠웅……
맞은 심장을 더 쳐야만
끊어지지 않고 쿠웅…………
장엄한 울음이 절마당을 떠나는
적멸의 파장 같은,

잠시 쉬어가는 세상, 녹슨 쇳가루 가득 쌓여
쫓기는 세상을 조금씩이라도 털어내 묻고
이 한 순간만이라도 저 울음을 따라가다 보면
거기 지천명에 이르는 길이 보이리라.

종은 누구를 위하여 우는 걸까
죽은 자 보다는 아직 산에 오르는 자를 위하여
오늘도 새벽을 깨우느라 종이 울고 있다.

산사의 추녀 밑으로 옮겨온 청동물고기도
땡그랑 땡그랑 한마디 거든다.

동강 할미꽃

종로5가 꽃시장에
무더기로 잡혀온 할미꽃이
낯선 잠자리에 어리둥절하면서도
상춘객의 눈총을 받아내고 있다.

가던 길 멈추고 눈빛을 퍼 주어도
마음이 끌리지 않는지
구비치는 동강 물에 세수했던 자줏빛 얼굴
고개를 뻣뻣이 쳐들고 설레설레 젓는다.

어쩌다 태생부터 할미로 불리면서
실뿌리로 산비탈 바위틈 꼭 붙잡고
엄동설한 억척스레 이겨냈던 조선 여인의 기질
겨우 자줏빛 비로드 한 벌 얻어 입고
오직 바람과 햇살만을 사랑한 몸
척박한 둥지를 지키며 살았다.

봄의 울음소리 절절한 숲 속의 삼월
집 떠나온 날짜를 세어보지만
다시는 돌아가지 못할 그 곳,

무더기로 이주한
심산유곡 자줏빛 봄 한 무더기
고향을 향해 고개를 자꾸만 돌리고 있다.

그리움의 나이테

알록달록 잎새들 한 무리 날아가면
또 하나의 나이테가 완성된다
찬바람 앞에 선 나무들
그늘을 내주고 뿌리를 다독인다.

두리번거리던 당신의 눈,
마지막 잎새의 비밀이라도 캐낼 양
언저리 맴돌다가 홀연히 먼저 떠나고
혹한의 두께는 수직으로 꽂혔다.

그 후로, 산천엔
수많은 꽃이 피고지고
천둥 번개도 몇 개 지나 귀가 먹먹하다.

빈 가지마다 설화를 피우고
길마저 지워져 적막에 쌓여있을 때
냉기를 견디는 법을 익힌 나무들은
비로소 나이테 한 줄을 더 새길 것이다.

햇볕을 주름으로 접어
못 잊을 사람에게 다가서는
그리움의 나이테 하나,
봄은 또 올 것인가

마네킹

백화점 안 길목마다
최신 유행을 걸치고도 외출 한 번 못한
화려함을 클릭 하면 알몸의 이력이 쏟아지리.

하루에도 수많은 눈빛이
너를 흠모하고 서성이지만
고가의 몸값에 선뜻 지갑을 열지 못하고 돌아선다.

화려한 불빛에 늘 화사한 표정들,
때로는 창밖의 바람과 햇살이 궁금해도
이곳의 오랜 관행대로 옷에 붙잡혀 살고 있다.

계절이 바뀔 때마다 유명 브랜드가 함께 드나든다.

창밖의 계절보다 앞서 나가는 감각
목련이 한창일 때도 비키니를 입는 운명은
이곳만의 바람과 햇살의 생존 법이다.

유통기간이 끝나면
화려했던 노역勞役의 상처만 껴안고
창고 구석에 고인
그 어두운 침묵이 얼마나 눅눅할지…

아주머니

여인에겐 아기주머니가 들어있다
하지만
아무리 문전옥토라도 씨를 품어야 옥토,

따뜻한 불 지필 요람 같은 주머니,
한 사내의 아내 되어
누구누구의 엄마, 누구의 아내, 현모양처로
얼얼하지만 당당하게 살아야 하는 일상.

성숙한 여인이지만
주머니가 없는 처녀를
아주머니라고 부르지는 않는다.

아기를 품은 여인이
오리걸음으로 뒤뚱거리며 지나간다.
이 얼마나 성스러운 家業인가.

가업이 비틀거리는 세상
만혼과 독신은 점점 늘어만 가고
씨를 품은 여성이 줄고 자손이 귀해져
대마저 끊길 지경이다.

노령화로 갈수록 삭막한 시대
자식에게 다 내주고 빈 주머니만 남은 노인들
텅 빈 배를 끌어안고
저녁노을 언덕을 힘겹게 넘고 있다.

붓끝의 숨결

베란다 안의 몇 평 정원
군자란 치자 천리향 모과나무 아기사과나무…
스쳐가는 햇살을 끌어들여 몸 뒤척이더니
활짝 꽃을 터뜨렸다.

향기는 그윽해도
벌 나비 한 마리 스며들 틈새 없어
씨 맺음을 포기한 꽃,

아니다 싶어 화실의 붓끝으로
심방의 꽃술을 간질여 주었다.

계절을 뛰어 넘어 짓무른 꽃 대궁 자리마다
의젓하게 앉아있는 저 붉은 열매들

문득, 사랑의 실선 얼기설기 그렸던 붓
화선지 밖의 세월에도
내내 붉은 웃음 매달고 살았던가.

붓끝의 숨결에 붉은 우주가 매달렸다.

배추밭 농장 2

한끼라도 거르면 팔다리 맥이 풀려
한 생 고달프게 쫓아다닌 밥
빈 항아리 긁는 바가지 소리로
칠부 능선의 산행이 먹먹했는데

지난해 동짓달 내게도 임종 시까지
사계절 내내 출하 가능한 배추밭 한 뙈기 생겼다.
땡볕, 가뭄, 폭풍우와 폭설에도
삽이나 쟁기 없이도
매월 추수가 가능한 저 배추밭,

풍요롭진 않지만 삼시 세끼 걱정 없다.
자식들 걱정시키지 않고
손자 손녀에게 약간의 용돈도 줄 수 있다.
산비탈에 이 한 몸 누울만한 밭,

똬리를 틀고 동면에 들
남은 세월이 그곳에 웅크리고 있다.

노구老軀에 다시 기를 넣어준
영농일지를 은행 단말기에 넣으면
매월 또박또박 들어오는 일백만 원,
내 목줄을 매달아 점점 낯익어가는
농장이름은 주택연금.

농우農牛

큰 등치에 뾰족한 뿔을 가지고서도
소보다 순한 동물은 없을 것이다.

순하다는 것은
축적된 야성의 힘으로 세상을 끌고 갈수 있었겠지만
산야를 갈아엎지도
누구에게도 위해를 가하지 않았다는 것.

야생의 세계, 맹수를 피해
인간에게 다가간 게 큰 실수였을까
코뚜레와 멍에가 씌워져
강제노역에 시달리면서도 오직 믿는 건 힘과 인내뿐
온몸으로 대지를 일군다.

깊어지는 채찍질, 그때마다
푸른 초원의 이슬을 두 눈에 그렁그렁 매달고도
누구도 원망하지 않고 되새김질만 하는
천성이 순한 짐승.
배신도 음모도 탐욕도 모르고
초원의 생풀에 다시 입을 대보지 못한 슬픈 짐승

노역에 매질 당하던 그 등짝 위에
끝내 버티던 하늘이 조각나 흩어진다.

사과의 길

한입 깨물고 싶은 탐스런 과육
바람과 햇살이 빚은 둥근 원이 마냥 붉다.
저 속에는 구름과 강이 흐르고
별들의 속삭거림도 땀에 젖어 있으리라

이 둥근 사과의 허공은
수 천 수 만 천둥번개와 바람의 길,
아무 저항도 없이 단칼에,
한 생의 속살을 너무 쉽게 내어준다.

어지럼중 달랜 기나긴 길이
찰나에 산산 조각으로 꽃무늬 쟁반에 쌓인다.
나열된 향긋한 저 순교들
꽃 피어 설레던 기억도
잘려진 상처도 덤덤히 포크에 실려
흙으로 되돌아가는 길.

그간 몇 번의 천둥과 우레도
이 향긋한 최후를 위한 잔치였던가.

꽃 쟁반에 해체된 사과 한 알
태양의 젖줄을 빨았던 나무의 시절이
달콤한 과즙으로 묻어나온다.

9월의 정오

한낮의 햇살과 바람이
다정다감도 하여라
분별없던 그 여름날 땡볕이
살그머니 종적을 감추고,

지상의 여가를 즐기는 이에게는
각기 다른 표정으로 바삐 오가는 인파 속
큰 길가 플라타너스 밑 벤치가
빈집 소파보다 친근하다.

거리엔 때 이른 낙엽이 아는 척
야윈 어깻죽지를 치며 말을 걸어오고
가로수 천정이 서서히 무너질 가을이
순조롭게 익어가고 있다.

매미 우는 소리에 먹먹하던
귀가 다시 열리고 잠긴 입술이 열려도
가까이서 도란거려줄 얼굴은
보이지 않는다.

그래도 저녁어스름까지는, 겨울까지는
최후까지는, 아직
가로수 밑 벤치가 견딜만하다.

돌탑

보다 높은 데서
햇빛을 모으려는 정성으로
돌멩이 하나하나
하늘에 이르려는 기도가 쌓였다.

크기가 다른 돌마다
촘촘히 새겨 넣은 간절한 소망
건강을, 사랑을, 취업을, 곤궁함을…

아무도 들어주지 않던
버거운 소원 다 받아 챙겨 넣고
바람에 무너질까
빗물에 흘러내릴까
서로 틈을 물고 뿌리내려 키를 높인다.

세상사 풀리지 않는 일
별에게나 전할 곡진한 사연들
바람이 발설하라고 아무리 치근거려도
제 몸을 천년 이끼로 감쌀 뿐,

반달[半月]로 쌓아 올린 고적의 탑
이제 내 키보다 높아 닿지 않는데
어떻게 해야 만월滿月로 채울 수 있을까.

놓쳐버린 꿈 하나
돌 틈으로 슬쩍 밀어 넣는다.

들녘의 배롱나무

가지마다 꽃숭어리들
환한 꽃불을 켜놓고
밤낮으로 백일기도 중이다.

불붙은 기도 꺼트리지 않고
불신佛身 앞 천배千拜의 무릎처럼
피멍이 진 저 화염자국.

라일락 같은 봄 향기는 없어도
제 몸의 핏기를 들녘에 뿌려
무논을 황금빛으로 익히는
오직, 풍년의 몸짓이다.

아버지의 아버지 가난을 이어온
땀방울로 피워낸 꽃덩이.

한생 평수만을 넓히던
저 배롱나무 밑에
나는 아직도 머물러 있다.

국화차 한 잔

초경의 계집애 같은 꽃,
찬 서릿발 삼키기도 전 목이 잘렸다
햇볕 한줌 없는 그늘
하늬바람에 피를 말린 노란 봉오리.

손톱만한 꽃, 서너 송이
뜨거운 찻잔에
노랗게 삼킨 햇살을 풀어놓는다.

찻잔 안에서
생전의 모습대로 다시 피어
생시처럼 그윽하다.

구름 한 점 없는 찻잔
가을하늘이 아릿하게 떠있다.

눈에서 코로 다시 목구멍을 타고 흐르는
꽃의 피 냄새,

빈 바람만 다녀간
헐벗은 내 영혼을 채우고 있다.

모과 분재

몸통을 기둥으로 삼아
화분에 맞춰 뿌리를 다듬어 앉히고
너울너울 자유분방한 가지를 전지한다.

나무의 왜소증,
성장을 버리고 목숨을 선택했다.

남아있는
뼛속의 진액으로 근근이 버티며
햇살을 담을 만큼
바람에 견딜 만큼
몸 안에 새 길을 낸다.

시린 하늘에 황금 종 매달고픈 꿈,
새벽이슬로 빚은

서너 송이 꽃을 달고
넘지 못할 금단의 바깥을 넘보고 있다.

거울

거울 없이
누군들 제 얼굴 볼 수 있으랴
고치고 또 고쳐
본모습이 사라진 과장된 모습이
제 얼굴이라니

이슬 머금은 꽃망울
아침햇살에 빛나는 그 자체로 아름다운
꽃들은 덧칠하지 않는다.

호수거울에
모여든 철새들 지친 몸 그대로
물거울 들여다보며 무자맥질 하고
겨울 산은 헐벗어도 부끄럼 없이
당당하게 그림자 드리운다.

제아무리 뜯어봐도
볼품없는 이 몸뚱어리,
거울은 어찌 비바람에 깎인
얼룩진 돌 하나를 보여주는가

조각달

어스름 저녁이 오면
한 켠이 휑하니 비어 있음은
옆구리 시린 홀수의 시원이다.

서산에 걸린 초승달
유리창을 넘어올 듯한 하현달
빛과 그림자 사이에 묻혀
애절함으로 떠가는데

가슴에 고인
보고 싶다는 한 마디로는 채울 수 없어
밤마다 베개에 적시며
여윈 얼굴을 씻긴다.

이 밤도 저만치 떠가는
그대 그리워 창문을 열고
반쪽 사랑법을 익히고 있다.

뜬소문

입방아 타고
틈새를 만들어 주저 없이 날아간다.
밤사이 천리 길도 마다 않고

빗나간 말의 화살이
음지에 숨어 낮도깨비로 뿔을 잉태한다.
몸집이 불어나고 과속이 붙어
도착지에선 태생을 알 수 없는 딴 모습이다.

느슨한 포장이
배달 도중 또 다시 비바람에 찢기어
얼룩얼룩 호랑나비들이 쏟아져 나와
하얀 메밀꽃밭을
알롱알롱 양귀비꽃밭으로 물들인다.

알만한 사람들도 소곤소곤

아니 땐 굴뚝에 연기가 나고 그 속에

귀가 멀어 나도 고개를 끄덕인적 있다.

남의 아픈 찔림인 줄도 모르고

어둠을 사르다

선천성 소경인 남동생,
오십육 년 동안이나 일상을 손끝으로 만져
켜켜이 쌓인 어둠을 조심스레 걷어내며 건넜는데
산천이 곱게 물들어가는 가을날, 그는
덜 물든 채 하늘의 부름을 받았다.

늘, 손끝으로 감지하는 일상이기에
세끼 밥마저 국에 말아 후르르 마시고
색다른 고기반찬이나 봄나물은
어머니가 챙겨줘야 먹을 수 있었던 세상살이.

어머니 떠나신 뒤, 십여 년 독거생활
뻐꾸기 한 마리 벽에다 붙박아놓고, 그 울음을
마치 어머니 목소리로 믿고 건넌 하루하루
일상은 점점 먹먹하고 세끼 밥상도
젓가락보다는 손가락이 더 좋았었다.

칠흑의 세상살이,
光明이 얼마나 간절했었기에
그날밤, 더듬더듬 집을 떠나
그 머나먼, 어머니 가신 하늘나라 찾아갔을까

불타는 숲속의 승화원,
찰나, 커켜이 감겼던 어둠을 다시는 볼 수 없이 사르고
지친 영혼은 맴을 돌다 하늘 높이 가물거리고
유가족의 오열도 외면한 채
한 생, 바람을 타고 산산이 흩어지고

(목포 승화원에서: 2014년 10월 26일)

그 여름밤

열대야와 혼곤한 졸음 사이를
모기떼 웽웽거리던 그 시절,
생풀 태운 연기에
애먼 감나무도 잠 못 들고
매운 연기 보다 더 독한 모기들
연신 달라붙었다.

어머니 무릎 베고 별을 헤며
달빛에 봉선화 꽃물 익히던 꿈,
어서 서울로 가 큰 별이 되고 싶었다.

어머니는 꾸벅꾸벅 불을 지키고
삼베적삼을 벗어 휘둘러도
모기떼의 공습은 끈질겼다.

말랑말랑한 그 기억마저
어느새 다 빠져나가고 까칠해진 지금
지금은, 늙은 감나무 한 그루 덩그러니 서있는
어린 날, 그 여름 속으로
가고파라 가고파

저 노을 어디쯤

어느새 노을이 되어
그 빛 함께 물드는가.

하지만 아직도 모르는
이별로 이어질
길.

아는 건 젖은 가슴이
절정의 노을을 꼭 닮았다는 것.

밭은기침을 뱉어낸 마른 입술
붉디붉은 노을로 온몸을 덧칠해
단풍잎 가볍게 날기 위해
낙법을 익히고 있다.

남은 생이 노을에 타들어
저 노을 어디쯤
안온한 쉼터로 가야할 길 있는지.

회전문 사람들

네 칸의 방
시계바늘 반대방향으로 빙빙 돌며
차례로 사람들을 토해낸다.

시계방향으로 가면 서쪽이다.
어둠이 사는 그쪽은
북쪽이 더 가깝다.

맨살로 살수 없는 동토이기에
회전문은 반대방향으로 도는가

흩어진 사람들, 또 다른 방에서
서쪽으로 스러지지 않으려
벽면에 달라붙은 햇볕을 향해
안간힘으로 부리를 적신다.

시간은 갇혀 있지 않고
회전축의 중심에 태엽을 감으며
하루하루 가쁜 숨을 몰아쉰다.

종일 삼키고 뱉어내는 회전문
빙빙 제자리에 묶여
안이 되고 밖이 된다.

구미초狗尾草

— 유기견遺棄犬

타는 목을 길게 늘이고
여린 바람결에도 기웃거리는
사무치는 한 생.

밤이슬로 목을 축이고
애절한 풀벌레 울음소리 벗 삼아
그리움을 삭히는 동안,

바람의 방향으로
낮게 엎드려 애걸하는 몸짓 앞에
아무리 거친 바람도 비켜간다.

바람의 빗치개에
가르마진
저 눈부신 황금빛 머리카락.

바람을 물고 컹컹 소리 없이 짖는
성대를 제거한
저 강아지들.

아직도 들녘에 목줄 감겨
찬바람을 맞고 서있네.

가로수

길을 사이에 두고
뿌리의 행보로는 어깨를 맞댈 수 없어
때때로 그림자의 방식으로
서로에게 젖어들다가

누적된 갈증은 곱게 단풍이 되어
격리됐던 붉은 마음 바람의 힘을 빌어 날아간다.

가쁜 길 위의 뒤늦은 만남,
서로에게 몇 번이고 간절한 당부를 건 낸다.

제발 아프지만은 말아달라고
원망도 누구의 탓도 하지 말자고
마지막까지 불면의 그리움만은
낙엽의 방식으로 함께 잠들자고

제2부

겨울 목화송이

복숭아 1

농익은 수밀도
껍질을 벗기는 순간 흐르는 단물
마른 입에 군침이 고인다.

손가락 사이 비집고 흐르는
일찍이 내 목을 휘감았던 햇살.

떫디떫던 몸
다디단 속살로 채우기 위해
봄부터 얼마나 많은 햇살을 품어 안고
수많은 밤을 지샜을까

절창을 맛보려면
진득이 완숙의 때를 기다려
휘감은 햇살의 무늬를
읽을 줄 알아야 한다.

하늘

— 추석날

내 가슴에는 하늘 속에 또 다른
세 하늘이 있습니다.
우러르며 내 한 생을 태워야 하는…

태내에서 죽음까지의 일 다 하늘의 뜻이지만
많은 세월 남겨두고 애통히 보내드린 아버지와
그 곁에서 외롭게 살다 가신 어머니가 계신 곳,
그리고 어느 날 홀연히
내게서 떠나간 아내가 있는…

애간장 녹여 울며불며
따라가다 멀어져 끝내 같이
가지 못했던 그곳.

간절한 오늘
아른거리는 얼굴
하늘을 우러러보면
산마루 두둥실 넘어가는 흰 구름
차례 상 앞에 목이 메입니다.

그러나 나는 아직
살아보지 못한 여생이 빚처럼 남아
하루하루 목숨 값을 갚아나갑니다.

생의 빚을 다 갚는 날
그때야 홀연히 찾아갈 저 하늘.

노을에 스러지다

땅 끝 서녘으로 돌아누워
태양의 젖꼭지를 놓고도
뒤돌아보지 않는다.

햇살에 달아오른
콘크리트 천정은 숨이 막히는데
하늘 한 자락 얻어 저 별 속으로
눈 감고 어떻게 건널까?

촛불을 켜놓고
내 뼈는 들창도 처마도 없는 초막에 맡기고
촛농으로 은하 너머에 이르러야 하는
'생애' 라는 여행길,

끝을 완성한, 닳아빠진 신발은
스러지는 노을에 던져주고
맨발로 먼 길 걷는 중이다.

나상裸像

나는
알몸이고 맨발이어서
달려가 쉴 곳
아무 데도 없다.

누군가
맨발로 내게로 달려와서
숨겨 달라 매달려도
어찌할 도리가 없다.

한때는
햇살과 바람의 리듬을 탔지만
지금은 폭설과 삭풍의 시간을
칠부능선에서 버티는 裸木.

쇠락한 이 영혼

흙의 살결에 새순이 돋을 때

이 고목에도

초록의 물빛 돌기나 할 것인가

빙하기 고엽枯葉

탑골공원과 종묘공원에서
햇살과 그늘을 숨차게 삼키더니,
정적만 남겨두고 어디로 갔을까

종로3가 지하철역 시멘트바닥
신문지 한 장이 방석이란다
땟국 지린내 가득한
힘없는 몸을 짊어지고 종일토록
마른 침으로 시간만 삼켜 늘 공복이다.

한때는 싱싱한 발길로 이 길 오갔지만
지금 흐릿한 눈빛으로
어둠에 쫓겨 썰물처럼 흩어지는 노인들

무심히 흐르는 시간은
얼마나 무서운 속도인가

낭떠러지에 내몰려
떠내려 가지 않을 수 없는
이 유목을 어떻게 읽어야 하나

철따라 오가는
지루한 휴식이 이 도시를 떠돌고 있다.

박달나무 주걱

죽이 되기까지는
단단한 것들이 풀어지도록 기다려야 하고
눌어붙지 않도록 휘저어주어야 한다.

이때 박달나무주걱이 적격,
용암의 혹독한 열 고문을 당하면서도
속살까지 으깨어지도록 휘젓다가
줄줄 흐르지 않는 절정에서
죽은 완성이 된다.

몇 푼 월급의 천수답에 갇혀
허기의 벽을 간신히 허물어 주는
밥을 빌며 땀 흘려도 챙기기 고통스러운 나날
냄비가 되고 주걱이 되어
한 생을 건넜다.

속으며 죽이라도 쑤어야만 하는 게
아내와 나의 부끄럼 없는 호흡법이었다.

어둠에 젖은 산굽이에서
증기에 찌든 아내의 야윈 손이 보이고
빈 사발처럼 앉아 나는 오늘도 죽을 쑤느라
주걱을 젓고 있다.

불통不通

신호등 三色이 먹통이오
폭우에 수백 대의 자동차가 뒤엉킨
수도 서울 한복판,
오통팔달 마포 공덕동 교차로가 주차장이 되었소
꼬인 길 앞에 다들 초조하오

第一路 서대문 거쳐 광화문 쪽이 막혔소
第二路 마포대교 건너 여의도 쪽이 막혔소
第三路 용마루고개 너머 서초동 쪽이 막혔소
第四路 만리동고개 너머 서울역 가는 길이 막혔소
第五路 신촌을 거쳐 벽제고개로 가는 길이 막혔소
(길이란 길은 다 젖어 미끄러운데 서로 네 탓이라 하오)

어둠과 빗속의 길
양보와 인내로 서서히 열리리오

(먼저 차창을 때리는 비의 사유나 묵상해보오
박토에서 단비를 기다리는 초목의 갈증을 생각해보오)

경적을 함부로 험하게 울리지 말고
돌아갈 길도 한 번 찾아보소
신촌 세브란스병원 가려던 환자는
서대문 적십자 병원으로 가면 어떠하오
서울역 가는 분은 용마루고개로도 갈수 있소
택시 타신 분은 내려서 걷는 게 어떠하오
(막힌 도로 자세히 보면 다 이어져 있다오)

오거리는 매연으로 질식할 지경이오
서 있는 자동차 불빛이 졸고 있소
신호등과 운전자는 깨어있어야 하오.
(교차로는 오통팔달 되어야 하오)

징검돌 2

― 피안

이 외길을,
언제 건너왔는지
도무지 기억이 나지 않는다.

레이저 불빛이
하이에나 눈빛보다 더 무섭던
음산한 그 고통의 수많은 나날도 잊었다.

그 매서운 불빛을 피해온 별나라에서
건너온 개울물 내려다보니
물의 깊이를 재는 또 다른 발자국들
서성거림이 보인다.

몸통에 핏기가 남아있는
불빛들, 불빛들…
반짝반짝 환하다.

하지만 이곳에서는 별이라 부른다.

누구도 다시 가볼 수 없는
아득히 먼 저쪽.

바늘귀

거친 풍파 한 폭 한 폭
친친 휘감은 실꾸리 풀어
지난 가을만 해도
바늘구멍에 실을 꿰었는데

맵찬 겨울을 나는 동안
천 년 같은 하루하루
주렁주렁 매달린 실끝은
종일 헛손질이다.

이제 눈을 지그시 감은
외눈박이 저 바늘에 마른 노을을
매달고 살아야 하는가

얼마나 더 머무를 수 있을까
붉게 타는 노을이 스러지면
쥐고 있던 바늘을 놓아야 하고
혼자 쓰던 노을밭마저 비워주어야 할 것을…

어두운 귀로
반짝이는 별의 언어를 읽어야 할 지금
지나온 생이 빈 바늘구멍이다.

칠소

오직 그림의 꿈을 안고 현해탄을 건넜고
사랑까지 얻어 또 다시 건너왔었지만
그림은 밥이 아니고 허기만 가득 하였다.

가는 곳마다 맑게 연 두 눈에는
가난과 슬프고 그리운 것뿐이어서…
빈 하늘이라도 찌를 듯한 칠소,

정지용 시인의 얼룩백이 향수가 아니다
순한 조선의 속살 같은 적황소도 아니다
가난과 고독에 대한 울분의 용트림이다.

햇살 맑은 날에 「길 떠나는 가족」,
따뜻한 남쪽으로 향하는 달구지엔
사랑하는 아내와 아들, 나비와 비둘기도 싣고

"나중에 만나 함께 잘 살자"는 맹세까지 신고도
길은 닫히고 뼈까지 삭아 거머쥔 고삐를 놓쳤다.

불혹을 지나며 목숨마저 놓쳤지만
칡소는 화단畵壇의 한복판에 우뚝 서 있다
오늘도 뿔을 세우며 달리고 있다.

(이중섭 화가의 「길 떠나는 가족」 작품 중)

키 큰 소나무

나무를 만나러 숲으로 간다.

저 수많은 이름들
내가 잘 아는 나무는 많지 않다
나를 잘 아는 나무도 없다.

뻐꾸기 우는 유년의 산골마을엔
향기로 농사를 짓는
찔레와 아카시아가 지천이었다.

청솔을 꿈꾸며 책가방 들쳐 메고
남산 돌계단을 오르면
기품 있는 키 큰 소나무들
즐비하게 서서
키 작은 솔을 지그시 내려다보고 있었다.

얼마나 설한풍을 견뎌야
거북 등 같은 수피를 온몸에 두르고
아름드리 품을 가질 수 있을까.

어느새, 해는
서산으로 어둑어둑 기우는데.

퇴화 중

금방 허물어질 듯한 걸음걸이
지팡이로 지지대 삼고 마른 가지에
걸린 마지막 잎새의 시간.

바람에 힘차게 펄럭거리던 시절 엊그제인데
매미 허물이 붙은 가로수 그늘에서
가쁜 숨결을 버티고 있다.

이 은행나무도
삼각 지지대 붙잡고 이곳에 뿌리를 내렸는데
나는 지팡이를 지지대 삼아
저 구름 너머 이식을 기다리고

거친 바람에 자꾸만 짧아지는
내게 남은 시간을 바쳐야 할
그 사람은 어디에 있을까

비켜설 수 없는 바람 타고
자투리 시간을 서서히 소진 중이다
아득한 저 별에 포근히 안기려

큰 소나무

― 詩 창작교실

아직은 해야 할 말이 남은 가슴들,
맑은 산바람으로 빚은
솔향을 매달고 싶다.

생각의 고랑을 내어 씨를 뿌리고
잡초를 뽑고 물을 주어도
튼실한 열매는 보이지 않는다.

소나무에 솔방울로 매달려
단잠 못 드는 며칠,

몇 계절 달빛에 스며온 天音 내내 삼키며
머리 위에 소복이 겨울이 쌓일 때까지
산바람에 둥글어진 솔방울들

찬바람에 여물어간 솔향,
가슴에 담긴 詩香이 탁한 세상 속으로
다디달게 스며들었으면,

비석

깨트리지 마라.

이것은 지상에서의 지친 몸
흙으로 되돌아간 마지막 흔적.

육신은 삭아도
영혼은 남아
함부로 뽑아내면
죽음마저 통째로 지워져버린다.

빈손으로 왔다
빈손으로 갔지만
푸른 하늘 아래 직립으로 서서
한 점 부끄럼 없으니

내 생애 남길 것은
단 몇 줄의 이 비문뿐이었으니.

성탄 전야

고요한 밤,
성에 낀 유리창을 열고
감히 하늘을 우러러
촛불을 켭니다.

숱한 나날
건성건성 교회당 오가며
무릎에는 아픔이 배어들지 않아
늘 신발이 가벼웠습니다.

여기저기 흘려놓은 허물들
불러 모아 가슴에 성호를 긋고
눈물로 말갛게 씻은
영혼의 밤이게 하소서.

첨탑의 종소리에 숨죽이고
오만과 불순종
방황했던 모든 것들 다
이 촛불에 태워주소서.

뒤늦게 각을 세운 무릎,
더욱 더 동그랗게 휘어져 마침내
원죄에 덧칠된 이 몸이 바스러지거든
영혼만은 어루만져 주소서.

연분

낫과 숫돌의 만남,
제 아무리 대장간에서 달군 철이라도
가시덤불 걷어내다 무디어진 날
숫돌에 몸을 맡기네.

억겁의 모진 비바람 삼켜
새겨 넣은 돌의 영혼
오직 시퍼런 날이 서도록 맨살로
받아주고 살점을 떼어주네
일생을 바치는 삶이기에

두 몸이 서로 만나
점점 닳아가는 돌과 무쇠
타고난 천생의 애무 뜨겁게
가슴 비벼대며 한 생을 마치리.

앞뒤 예리하게 벼려진 날로
한 생을 올곧게 죽어야 하기에
무디어지면 도리 없이
또 다시 들이미네.

긴 겨울 호수

애련한 옛 동산에 올라
달빛 따라 얼음 밑으로 내려가면
아직 아련한 호심湖心 그대로다.

푸른 이끼 겹겹이 낀 돌 하나
산기슭 배경으로 한 폭의 산수화를
그려 넣다 잃은 그 돌,

굳게 닫힌 긴 수면水眠을 깨워
무지개 걸린 보리수 곁으로 가리.

오래고 오랜 수몰
수중고혼으로
왜 그토록 숨 막히게 살았는가.

그 산기슭 혈관에 묻혀
보리수나무 가지에 말라붙은 눈물,

설화雪花를 떨어뜨리지 못한
돌팔매질이 내 생이었으니,
늘그막의 따스한 햇볕이나 쬐며
이렇게 살다 가야 하나.

사랑의 크기

— 모정

서너 번쯤 봄이 다녀간 어린애에게
"얼마만큼 엄마 사랑해?
"하늘만큼 땅만큼"
크게 원을 그린다.

이 세상에서 가장 큰 것이
하늘과 땅이라는 걸
누가 저 새가슴에 심었을까.

어느새 키가 훌쩍 커버린
엄마 보다 웃자란 애어른
자꾸 엄마 품 밖으로 나가려 한다.

미지의 그곳, 거친 모래바람 속
설핏한 안개 그물로
영롱한 별을 낚을 수 없는데

된바람 언덕을 넘다가 되돌아본
어머니의 가슴 속엔
태양과 별이 있고 강물이 흐르는 대지가 있었지만
그때는 몰랐었다.

하늘과 땅만큼이라 했었는데
이보다 더 없이 큰 사랑의 둥지,
저무는 길 위에서야 알게 되는 것을.

겨울 목화송이

펑펑 쏟아지는 눈송이 속에서
목화꽃 향기가 납니다.

어린 시절, 감기라도 앓을까봐
두툼한 솜바지 저고리 입혀주고
당신은 헐렁한 치마저고리 두르셨던,
그때 치마폭에 쌓인 눈이
여름날 목화송이 인줄만 알았습니다.

썰매로 얼음을 지치다
물 먹은 철부지 솜바지
무쇠밥솥 뚜껑에 말리시던 밤
문풍지 시린 산골바람은
당신의 뼛속으로 스몄습니다.

어머니 나이쯤 뒤늦게 철들어
동구 밖 엄동의 소복 위에
가슴 메이게 문안 드리는 나의 시는
눈처럼 쌓이지만 향기가 나지 않네요.

눈보라 치는 험산 준령을 넘던
당신의 계명을 제대로 읽지 못한 나는
이제야 뼈마디에 밴 적막에 얼굴을 묻고
저 눈송이처럼
당신의 치마폭에 쌓여만 갑니다.

달맞이 꽃

밤이 오기만 기다린다.
발광하는 태양을
통째로 삼킨 해바라기꽃 그림자에
고개 숙여 얼굴마저 가린 꽃.

기다리던 달님은
밤바다 둥둥 떠가는 조각배,
밤새도록 서성여 달무리만 바라보며
이토록 아득한 만남에 익숙했다.

달님을 흠모함은
은밀하게 밀어를 주고받는 끝없는 형벌,
끝내 밤이 깊어질수록 농익은 눈물
잎잎 영롱하게 매달고도
아침 햇살에 또 고개를 떨군다.

아침이 오면
꽃잎을 닫고 잠이 드는 저 야화
달빛에 마음을 헹구며
온몸을 노랗게 물들인다.

꽃무릇

죽음으로만 네게로 젖어 드는 길.

네가 화관을 쓰고 나를 찾을 때
나는 어디에도 없었고
내가 너를 위해 푸른 집을 지었을 때
너 역시 어디에도 없었다.

한 뿌리인데도
너는 꽃으로 나는 잎으로
엇갈린 기다림,
떠난 뒤 온몸 짓무르도록 머물다가
흔적만 남긴 텅 빈 자리.

서로가 보이지 않을 때, 뒤늦게
죽음으로나마 팔베개 할 순애인줄 알았다

해마다 너는 꽃등을 환히 밝히고
꽃 진 그 자리에 나는 푸른 집을 짓고…

네게로 가는 이 외걸음
서로의 사선을 넘나들며
영원토록 끊이지 않는 이 길
만나지 못해도 종명終命은 없다.

죽어지내는 날보다
지상의 기다림이 더더욱 서러워
머나먼 하늘만 우러러보는…

아버지의 창

유리조각마저 귀했던 그땐
창호지문 한켠에
댓잎 서너 장 붙여 바르고 그 사이에
손가락 끝에 침 발라 낸 구멍으로
밖의 궁금증을 풀었었다.

눈보다 민감한 귀의 전갈
구멍으로 드나들던 인기척에
한 쪽 눈으로 살펴본 초가지붕아랜
늘 찬바람이 도사리고 있었다.

오래된 가난의 구멍을 메우던 부모님
밤낮 없이 허리 휘게 등짐을 져도
된바람이 뻣뻣하게 버티고 서서 낑낑거리는
무게를 쉽사리 내려주지 않았다.

눈보라 세차게 치는 밤,
저 裸木들 혹한과 눈의 무게 어떻게 견딜까
창살의 대 이파리 가슴에 출렁이고
손발이 얼음장인 어버이가 보인다.

진창의 그 터전에 나란히 누우서
붉게 떠오르는 해를 바라보던 당신은
해뜨기 전의 새벽이었다.
어둠을 헤치는 나의 종교였다.

파랑새

그때, 몇 날 밤을 지새며
나를 버림이 최선이라 믿었기에
너를 위해 놓아주었다.
더 푸르른 창공으로 훨훨 날아가도록,

텅 빈 손아귀
보내는 아픔에 가슴 시려도
안녕, 말 한마디 차마 하지 못했다.

푸른 깃털을 품었던 가슴은
논산훈련소 그 고된 땀에 젖어서도
통증은 가시지 않았었다.

내내,
드높이 날고 있을 파랑새 그려보며
덧없이 흘리고 온 날들일랑

가슴 깊이 묻혀져
어느덧 시간은 활처럼 휘어
반백이 넘었어도 길은 이어졌던가
옛 동산 산벚나무에 둥지 튼 텃새 한 마리
마주보는 눈빛 왜 이리 애틋한가.

기울어지지 않도록
온 힘 다해 중심을 다시 잡는다.
저무는 붉은 노을을
온몸에 휘감은 채.

밥의 노예

평생 밥을 쫓아다녔는데
빵이 무엇이기에 목이 마르다.

빵 한 덩이와 생수 한 컵을 위해
주택연금 신청하기 전날 밤,
허기와 우울을 한 냄비에 펄펄 끓이며
이 밤을 지세이고 있다.

아직 직선인 허리,
대책도 없이 이리 멀리 왔을까
장수의 회전문에 끼어 허기로
도는 게 부끄러웠다. 허기의 이 땅이
하지만 미처 못 본 남은 여행은
신만의 영역이리니

잠자리라도 허물어 세상을 먹어보자
밥솥에 라면이라도 펄펄 끓여
나무 젓가락으로 올린 늘어진 세상
그 맛이 얼마나 짭조름할까

제정신 가진 분이 계시거든

제정신 가진 분이 계시거든
가라앉는 선체를 바라보십시오.
얼마나 펄펄 뛰며 애간장이 녹는지
우리나라에 이런 일이 왜 반복되는지
한강의 기적을 낳은 경제대국, IT 최강국
대한민국이 맞는지 알아봐 주십시오.

맹골수도에서 뱃길이 끊기고
평온하던 바다는 찰나에 뒤집히고
서남해는 한순간 경악의 울음바다로 바뀌면서
우리들 안방까지 파도가 들어오는데도
세월호 선주는 어디에 숨어있다는 겁니까?

그는 어찌하여 여호와 하나님보다도
돈의 신을 섬기다가 꽃다운 학생들로 하여금

사랑하는 엄마, 아빠, 친구, 선생님의 곁을 떠나
영원한 영결종천, 영면의 길로 가게 하다니요!

눈앞을 가리는 탁류에 수심은 더욱 깊어지고
아귀로 돌변한 바다가 배를 집어삼키는 동안
선장과 선원들은 제 목숨만 챙기기 급급해 본분을 망각한
이 나사 빠진 나라를 어떻게 보아야 하는 겁니까?

삼면이 바다인 우리는 일직이
海洋强國, 海安富國을 외치며 뱃길을 냈건만,
청운의 꿈을 펼치지 못한 눈망울들 앞에
비겁한 어른들이 무슨 말로 변명할 수 있겠습니까!

생사의 절박한 갈림길에서
허공에 애절하게 띄운 문자메시지가 오가는 동안

바닷물 차오르는 대로 목숨은 끊기고
해경정 바지선 어선 헬리콥터 잠수부…
빠른 유속과 흐린 시계 앞에서 기도는 무기력했습니다.

우리가 기다리는 딱 한 마디
웃으며 집을 나섰던 애들아, 어서 돌아오너라!
그곳이 얼마나 춥고 무서웠니!
살아서 돌아와 가족에게 안겨다오 간절한 바람은
끝내 싸늘한 주검으로 되돌아오다니요!

제정신 가진 분이 계시거든
나사가 얼마나 빠져있으면 이지경이 되는지
돈만 알고 안전은 뒷전인 부실선박회사와
정신 희미한 파렴치한들의 썩어빠진 환부
타락의 근원을 뿌리째 뽑아 주십시오

눈에 넣어도 아프지 않고, 보기도 아까운 아들딸들을
이제 다시는 볼 수조차도 없다니요
휴지 조각된 재난백서, 판박이 참사 반복되는 악순환
이제는 왜 소 잃고도 외양간 고치지 않는지
피려던 꽃봉오리들 망가지는 일이 없도록
제정신 가진 분은 제대로 보아주십시오

* 세월호 : (주)청해진해운에서 인천－제주간 운항하던 카훼리
  여객선으로 인천에서 제주로 항행중 2014년 4월 16일 09시경
  진도군 맹골수도에서 침몰하여 안산시 단원고교 2학년 수학
  여행학생 및 승객 476명중 172명 구조되고 304명은 사망, 실
  종된 대형 해난 사고.

제3부

‖ 해와 구름과의 거리 ‖

크리스탈 컵

자줏빛 향기가 말라
외로움으로 가득 찬 빈 집.

숨막히는 고요 속,
베란다 너머 저 허공을 당겨
간절히 들이켜도
바람과 달빛을 꾹꾹 눌러 담아도
채워지지 않는 공복.

마주 앉은 대화 사라진 지 오래
철철 넘치던 마음만 말라붙어 있다.

피가 다 마를 때까지
그리움으로 채우고
달콤한 와인으로 넘치길 기다리며
여전히 비어 있는 저 잔.

11월

늦가을 깊어지는 추위에도
곁에 기댈 이 있다면
한겨울도 견딜만하리라.

아내가 홀연히 떠난
11월, 1자 하나로만 남은 나는
서릿발에 젖은 옆구리가
시리도록 꽁꽁 얼어붙었다.

더는 냉기 스며들지 않도록
삼남매가 문풍지 두 겹 세 겹 바르고
구들장에 군불을 지폈어도
한쪽이 푹 꺼진 이부자리엔 늘
혹한의 1월이 누워 있었다.

서로 마주 바라보던 11월,
내겐 곁이 떨어져나간 가장 잔인한 달,
그 혹독한 고적의 팔 년을 삼키고

머잖아 망 팔순인 독거獨居의 창에
한천을 지나던 하현달
내 잠을 쪼아 먹고도 한쪽이 텅 빈 채
서리꽃 유리창에 얼비친다.

늦가을 벤치

용산 국립중앙박물관
폭포가 바라보이는 벤치에서
감나무 밤나무 상수리나무 오동나무…
산들바람에 흔들리는
아리송한 가을엽서를 읽는다.

땡볕과 서리를 삼켜 쓴
저 연서,
주체 못할 외로움에
아직도 세상을 태울 불길이 남아
햇살의 행간 이리도 붉은가

끝물 드는 이 계절에도
제 자리에 서 있는 나무들
날로 깊어지는 찬 서리에

구멍이 숭숭 뚫린 채
제 무게를 덜고 있다.

노을처럼 붉은 가을옷을 껴입고
벤치에 날아든 오동잎 한 장
식어가는 내 몸을
따뜻하게 데워주고 있다.

환절기 1

구월이 오면
하늘은 깊어지고 먼 산은 가까워져
무디던 사유가 섬세해진다.

나무 등에 붙어 울던 소리꾼 매미
귀뚜라미에게 자리를 내어주니
한 철을 되감는 음색이 스산하다.

먼 산 넘어온 서늘한 바람,
적막한 기운에
플라타너스도 그늘 한마당 돌돌 말아
흰 뼈에 새겨 넣으며 사위어 가는 하루하루.

허공을 밟고 지나가는
계절과 계절의 만남

피고 지는 생로병사가 뜻밖에도
거기에 웅크리고 있었다.

고작 달력 한 장 떼었을 뿐인데,

붉은 산기슭으로 한 바퀴 몸을 뒤척이며
따라가야 할 몸의 나이테.

장죽長竹

애연가인 할아버지
새벽부터 화로에 담배통 묻고 뜨거운 불
물부리로 빨아올리며 하루를 여셨다.

산 밑 삼백 평 밭
할머니는 콩을 심자 하셨으나
할아버지는 기어이 담배나무를 심어
콩밭을 푸른 이파리로 넘실거리게 하셨다.

오죽烏竹의 긴 담뱃대
허리춤에 붙어 다닌 담배쌈지
참나무지팡이 동무 삼아 논밭두렁 돌면서
하루에도 몇 차례씩 불을 지피셨다.

때로는 효자손이 되어
등허리를 긁어주다가도
꽝꽝, 재 터는 소리
근심이 문틈으로 흘러나오곤 했다.

삶의 고단함 뻐끔뻐끔 태워
흰 수염 적셔 허공으로 날리시더니
장죽보다 짧게 담배연기처럼 사라지셨다.

할아버지 떠나신 뒤 할머니는
늘 담배밭에 나가서 그 물부리물고
고적함을 먼 하늘로 하염없이 흩뿌리곤 하셨다.

보름달

끝없이 넓고 깊은
허공의 반월半月골짜기
몇 억 광년 다닌 길 잃을까
제 발자국 위에 지문을 찍으며
떠도는 천공天空의 저 집시.

오늘은 한가위
중천은 만월인데
지상에선 왜 반달 송편을 빚는 걸까.
떨어져나간 반쪽은
어느 소나무에 걸쳐두고…

너를 바라볼 적마다 늘
고장 난 자전거 바퀴 하나라는 생각이 든다.
한천을 숨차게 건넌 기러기 울음소리
그렁그렁 매달린 달빛이 아리다.

기다림으로 채워진 온 달
오늘밤도 습관처럼 붙잡아보지만
기어이 손을 놓고 저 지평선을 넘는구나.

당신이 찍고 간 발자국 위에
또 발자국을 찍으며.

베개

낮은 정오를 축으로
동쪽에 일출을 앉혀놓고
밤은 자정을 축으로
서쪽에 일몰을 태우고
날마다 시소게임을 한다.

낮으로 기울면 하지夏至
밤이 더 무거우면 동지冬至

아직도 베개 위에 잠을 눕히고
감았다 떴다
햇살의 눈치를 살피며
오늘의 무게를 보듬고 망설인다.
저 햇살마저 놓치면
끝내 아침은 오지 않을 것이다.

지금 나를 지탱해준 베개,
자정의 받침대로 어둠을 밀치고 밝음으로 나갔던
나날의 노역勞役을 차곡차곡 적어두었다가
지친 몸 눕히면 내게 들려준다.

반복된 우기와 건기 속
목이 길어지도록 초원을 떠도는 사슴,
저 강 건너엔 초원의 빛이 있었다고…
빛과 그림자를 온 땅에 펼침은
오직 태양의 시소라고

마른 꽃

거실에 걸어둔 장미 꽃다발
꽃의 허물만 남아있다.
햇살도 이슬도 다 말라
숨소리 한 점 들리지 않는다.

미라가 되어 먼지 뒤집어 쓴
저 붉은 퇴색.

살며시 손을 내밀면
그만 바스러질 것만 같은데
여전히 가시는 남아
한때 붉은 입술 가졌음 일러준다.

가시는 장미꽃의 은장도,
다가가면 베일지 몰라

애초의 눈빛으로 바라보는
붉은 이 마음.

물기를 다 버렸어도
마주 볼 때마다 옛 생각 돋아나
오래 싸맨 애련으로 꽃 멀미 일게 한다.

지워지는 중

소리를 허락 받은 입과
소리를 담으려는 귀, 지척이다
귀하면 입술이 열리는데, 어느 날부터
웬일인지 귀는 소리를 자주 흘린다.

나팔꽃 지듯이 관문이 닫히는 것일까
시 창작 강의를 들으면서도
주옥같은 묘미 숱하게 놓쳤다.
반 귀머거리가 돼
말문이 막힌 때도 있고
문우들 웃음소리 뜻 몰라 어리둥절했다.

애들이 집에 오는 날
텔레비전 볼륨부터 낮추느라 법석이다.
닫힌 내 귀는 한밤중이 된다.

귀문 말문 닫히고
뜨고 있었던 눈마저 감겨가며
이렇게 지워지는 중이다.

황색 배꼽

눈보라 휘몰아치는 산골
나목이 윙윙 울고 있었다
핏덩이 가녀린 숨결
오직 그 길밖에 없어 간절한 기도로
이역만리 타국으로 보냈다.

그곳의 흙과 물과 바람을 삼켰지만
피부색도 생김새도 달라
한데 섞이지 못한 아이,

양부모의 지극정성에도
쪼그라든 배꼽의 기억에도 없는
퇴로의 골짜기 거슬러 오르며
맺힌 붉은 탯줄을
가슴 한 켠에서 늘 잇고 있었다.

피는 물보다 진해
양모도 생모도 버릴 수 없는 사십 년을 건너
생의 시원에 한번만이라도 안겨보고 싶었다.

기어이 태평양 건너, 산 넘고 물 건너
어디에 있을까 더듬는 젖은 발자국소리에
TV 화면도 촉촉히 젖는다.

심심상인 心心相印

외로움을 불의 말로 태워 쓴
제3시집 『노을빛 조약돌』을 펴 놓고
받아볼 사람을 쓰는 밤.

시집의 대부분을 뜨겁게 적셨어도
만질 수 없는 사람이기에
그 이름을 적으려다
주소를 알 길이 없어 그만 접어둔다.

불 꺼진 창가 서성이고 있는데
아직껏 밤하늘에 머무른 개밥바라기
이미 읽었다는 듯
짓무른 두 눈을 비벼대고 있다.

이 세월 저 세월 지워지지 않는 눈빛
오늘밤 마른 가슴에 하늘 길 열어놓고
몇 번이나 오르내리는지…

눈에 밟혀 흐르는 눈물방울
은하에 이르고 있다.

갈대의 몸짓

겨울로 가는 길목
갈대는 강기슭을 지키는 들풀로 서 있네.

찬 서리에 하얗게 머리 풀고
눈보라 치는 아픔도 견뎌야 하네.
차디찬 강물에 발목이 묶인 채
또 봄을 기다릴 것이네.

바람에 예민한 몸짓이지만
언제나 한자리 강둑에 서서
휘어 돌아가는 강물을 바라보며
북풍의 얼얼한 고문을 모질게 견뎌내
몇 천 년인들 번식하는 저 생명력을
나는 사랑으로 읽으려네.

실핏줄마저 끊긴 저 직립의 몸짓
하얀 뼈만 남아도 바람 한 점까지 붙잡는
사랑은 영원한 고뇌의 길
꽁꽁 언 강물 기어이 풀어내
연초록 몸짓으로 일어서네.

솟대

죽은 나무에서 환생한 기러기
다시 죽는 날까지 그 자리에 앉아
햇살 따라 늙어가고 있다.

핏기 없는 나날의 숨결,
끝없는 허기와 목마름에도 먹이 찾아
땀 흘리며 헤맬 일 없다.

북극을 오가는 기러기 떼
구름을 젖히고 끼룩끼룩 함께 가자하지만
날개도 없이 허공에 묶인 채
하릴없이 목수의 염원念願대로
마을의 재앙을 지킨단다.

하늘이 훤히 뵈는 기둥 하나뿐
하지만 또다시 몸에 피가 돌더라도
달려온 된바람 물고 떨며
몸부림치지는 않으리.

마음 비우고 죽은 듯
먼 산과 하늘만을 우러른 묵언수행에
검은 독수리도 비켜가리라.

휴대폰

저 작은 기억 상자 속에
그리움이 있어
멀리서도 몇 차례씩 오간다.
수시로 찾아오는 나의 아이들,

군번처럼 언제나 목에 걸고 다닌다.
굽은 길에서 혼자 돌부리에 걸려 넘어져도
곁에 있으니 마음이 놓인다.

수천수만이 엉킨 만능의 교감신경
내 손끝의 신호를 알아채고
금시 그곳과 연결한다.

때로는 손짓 한 번 한적 없는데
달콤한 스팸문자가 날아들고

저리 대출과 마이너스 통장도 개설해주겠다며
살살 꼬드긴다.

낯익은 꽃이 떨어지는 소리엔
눈시울 짓무르기도 하지만
유일한 만남의 장場이기에
목걸이처럼 매단 채
네 안에서 누군가와 늘 교신중이다.

9월이 오면

— 나무의 이별법

땡볕을 견뎌냈던 마음보다
더한 정성으로
소슬바람을 맞아야한다.

머잖아 초록이 녹아내려
한 잎의 붉은 연서로
쉴 자리 찾아야 할 저 이파리들.

실핏줄 파르르 떨며
순도 깊은 햇살의 경전을 읽는 계절
서둘러 낙법을 배운다.

비켜설 수 없는 불과 얼음 사이
9월의 빛깔로 서서히 빚어내
제 살점을 떼어내며
극한의 설산을 넘어야 한다.

하늘을 떠받치며
계절의 농도를 아는 나무들
일제히 이별법을 익히고 있다.

객토客土

시방 내 몸은 객토 중,
오르던 산길, 어느덧 팔부능선 이르는데
그간 편식의 식탁이 화근이 돼
세월보다 앞서 쇠잔해진
나이테를 보수하기로 다짐한다.

아침마다 찌든 녹을 닦아내려
냉장고에서 꺼낸
색색의 토마토 파프리카 양배추와 당근 브로컬리…
예리한 톱날의 믹서기 안에서
한데 몸 섞는 비명소리 요란하다.

현미로 지은 밥 먹기 삼십 분 전쯤에
싱싱한 햇살과 바람을 삼켰던 유기농 야채
말랑말랑한 반죽을 숟가락으로 몸 속에 심는다.

한 사발의 싱싱한 삶이
공복의 뱃속에서 굳어져가는 피와 살
흘려 보낸 세월을 역류시키려
몸 깊숙이 휘젓고 다닐 것이다.

어느덧 일상이 된 뒤늦은 애착,
편식의 딱딱한 밥벌레의 허리가
야채벌레처럼 말랑말랑한지 만져본다.
유기농 야채밭에 앉아서.

빨간 자전거

바다가 보이는 옛 동산에 가면
지금도 그 숲엔 빨간 자전거 한 대
물푸레나무 그늘에 놓여있다.

청순한 소녀를 태우고
청보리 물결치듯 머리카락 날리며
쌩쌩 달리던 그 자전거.
짙은 안개에 뿌리내린 돌부리에 넘어져
끝내 정상까지 오르진 못했다.

무지개 꿈 꽃피우던 열여섯 계절 동안
책갈피마다 뜨거운 사연을 새겼던
어린 물푸레나무는 저리도 결 곱게 자랐는가

무릎의 상처는 가슴에 길을 내
지금도 아련히 달려오고
그 길이 끝나는 날까지 상처와 동행한다.

해와 구름과의 거리

일요 예배 후
교회앞마당 승용차 문을 열었더니
갇혀있던 열기가 온몸을 확 덮친다.

아이 뜨거워, 내 말 끝에
일곱 살 손녀가
"할아버지 왜 이렇게 뜨거운지 아세요?
해와 구름이 멀리 떨어져 있어서 그래요."
그 말을 곱씹다가 문득 하늘을 보니
첨탑에 걸린 해, 손녀 말 대로 구름 한 점 없다.

땅도 하늘도 푸른 가정의 달, 오월
멀리 떨어져 미지근하기만 했던 지난날,
아비로, 자식으로, 제자로, 남편으로 푸르게
살아오지 못한 삶이 가슴을 짓누른다.

먼저 간 사람

늘 맘속에 있어도 멀고 아득하다

흙 내음과 사람 내음이 없어 외로움으로 얼어붙은 거리

한 점 부끄럼 없이

꼭 그만큼의 거리로 다가서야만 하는 것을…

하늘의 은총으로 죄 사함 받는 일요일,

해맑은 손녀가

해와 구름의 거리 읽는 법으로

식어가는 가슴을 빨갛게 달궈 놓는다.

짓무름

그 말을 따라가면
말의 발자국 깊은 곳에 짓물러진
만만찮은 슬픔이 도사리고 있다.

오일장에 새끼를 떼고 와
어두컴컴한 외양간에 웅크린 어미 소가 그렇고
늦도록 단잠을 못 이루고
성에 낀 유리창을 닦으며 별을 찾는 밤이 그렇고
한낮, 도심을 떠나
별나라 가는 근조 버스 안 퉁퉁 부르튼 몸이 그렇다.

태풍이 스쳐간 바닷가
동백나무 밑에는
붉은 주검들이 널브러져 있다.

원치 않아도
모래성을 다 쌓기도 전
썰물에 쓸려 꿈은 깨어지고 풍경은 무너지기도 하는가.

북쪽 구름의 안색이 수상하다.
또 무슨 바람이 꼬이고 있는 걸까?
고리가 풀려 가라앉는 하늘이 물컹거린다.
곧 지상으로 쏟아질 기세다.

보리밭 밟기

산 넘어오는
부황 든 봄바람이
살을 에던 삭풍보다 무서워요

찬 서릿발에
허공에 뜬 숨결
들뜨는 뿌리를 눌러주세요
이 겨울을 무사히 건너야 해요

종달새 비비배배
초록치마로 감싼 그 고운 노래
하늘로 들어올리겠어요

내 몸 마디마디
숨겨진 피리소리 꺼내
온 들녘에 봄을 알리겠어요

들녘의 황금빛 꿈을
당신의 푹신한 짚신발로 밟아주세요
까끄라기 촘촘히 여문 6월이 오도록
겨울 보리밭으로 살포시 오세요

겨울 뒤편

찬비 그치고
어제보다 매서운 바람이 엄습해온다.
하늘에 길을 내던 오동나무
계절의 마지막 빛깔마저 내어주고
살벌한 계절을 버티고 있다.

하늘을 가리던 숲이 무너지고
그늘을 지운 헐렁한 나무들
새들이 앉았던 그 자리
새 울음이 말랐다.

뼛속까지 파고드는 바람에 누워
냉랭한 바람소리 따라가 보면
그때 뿌린 새들의 눈물로
가지마다 적막한 어둠이다.

긴긴 칠흑의 겨울을 건너는 동안
가슴에 불을 지펴
세상의 모든 눈물을 씻고
하늘의 한 권속으로 다시 만나자.

무논의 개구리들

모두가 꽉꽉 한 음절이다.
봄밤을 떠메고 어디로 가는가

들녘을 지나 산골을 타고
가난한 마을을 천상에 아뢰는 합창곡에
벼 포기 사이 개구리밥이 떠다니고
금싸라기 달빛이 내려앉았다.

개구리는 흙탕물에서 물장구치고
논두렁에서 지게막대기로 장단을 맞추던 아버지
풍년가는 서울로 가는 길을 내고
그렇게, 나의 유년은 익어갔다.

개구리의 풍악으로 빚은 황금빛사리
논병아리들 톡톡 쪼는 소리 들녘에 퍼지고

새 떼의 주린 배도 채워주고
나는 읽던 책을 다 읽을 수 있었다.

저 무논은, 분가시킬 적
허기를 허리띠로 졸라매고 떼어준
아버지의 아버지 살점,
마을 논바닥 다 말라가도
나를 서울로 업고 갈 수 있었다.

개구리 울음소리 따라
아버지는 무논을 향해 허리를 굽혀
모를 심고 벼로 길러 나를 키웠다.

행로行路 1

선으로만 읽을 수 있는 나이
제 몸통을 자르고서야 비로소
봄꽃에서 눈꽃까지 뿌리와 줄기가 삼킨
둥근 줄무늬를 보여준다.

모진 세월 서둘지 않고
땅속에 심장을 묻고 내던 길
허공을 휘저어 천국으로 가던 길이었다.

숨 막힌 두려움과
허공의 바스락거리는 바람을
죽음에 이를 때까지 온몸에 새긴
수피 안의 둥근 저 수명樹命.

척박한 우주에 왔다간 흔적
빼곡한 한 뜸 한 뜸
뿌리와 줄기에서 아리게 뽑아내
해마다 이어온 탯줄이다.

마침내 제 몸을 열어
그루터기만 남은 저 나무,
고단한 길 쉬었다가라고
지나온 행로가 적힌 몸을 선뜻 내어준다.

제4부

아름다운 침묵

노을밭

둥지를 차고 하늘 높이 나는 새는
애오라지 날아만 갔을 뿐
어느 하늘 끝에 고요히 다다르면 그 뿐,

다 날아오른 날개는 기진맥진,
그 멀고 아득함을 기억해 두지 않아
되돌아 갈 길을 잃고 만다.

반짝거리는 별에 한 번 묻히면
초대 받았던 노을에 오래 머물렀기에
다시는 핥을 수 없다.

그리움으로 붉게 탄 노을,
하늘 쪽에 더 가까이 있기에
지친 심신으로 노을의 무늬를 해독 중.

옷걸이의 사계

내 방 한쪽에
미처 다 자라기 전, 숲을 떠난 나무를
뿌리도 없이 꽂아 두었다.
숲에서 건너온 간절한 기다림 따라
이 나무에도 철 따라 꽃이 핀다.

앞산 진달래 빈 가지 타오르면
봄볕에 익은 진달래빛 꽃이 피고
아내를 따라 나들이 다녀온 블라우스에
민들레빛 단추도 매달린다.

고향집 텃밭 청포도
달콤한 즙으로 익어가는 7월에는
짭조름한 땀내가 배인 챙 모자가 열리고
잡초 무성한 오솔길도 걸려있다.

태양을 물고 날아들었던 빨랫줄 제비들
빨간 감잎 물고 강남으로 돌아갈 즈음
감빛으로 물든 노을도 매달리면
창밖엔 스산해진 계절이 걸쳐지고

눈꽃이 몰려오면
무채색의 두툼한 외투를 덧입는 채
빈 방에 수북이 쌓인 계절에 갇힌
나를 오래도록 바라보며
멍하니 서있는 나무 한 그루.

십일월, 당신

— 제8주기 추모일에

그날, 들녘 지나 짙은 숲길에서
지친 동행을 접고 누운, 양지바른 소망동산*
묘비 앞엔 누군가가 다녀간 흔적
새 꽃다발이 줄지어 흐느끼고 있습니다.

편히 잠든 영혼의 집,
눈빛도 말소리도 스미지 못해도
서로에게 안부를 전하고 돌아갑니다.

여덟 번의 십일월 햇볕
아직도, 당신의 그 모습 선연하기만 합니다.

산국, 구절초, 쑥부쟁이, 야생화들 벗하며
때때로 수양관에서 들려오는 찬송가를 들으며
안온하게 누워 다시는 돌아갈 수 없다는 듯
산허리 스쳐온 바람만이 옷깃에 스밉니다.

된서리꽃 고즈넉한 산골
시린 하늘 백 번 천 번 우러러본들
늑골 사이 흐르는 강물줄기엔 오늘도
소슬히 떠가는 속눈썹 저 달뿐.

* 경기도 광주시 소재 소망교회, 소망수양관 곁에 교회 성도의
  영혼을 함께 모시는 추모비가 있음.

반짇고리

축 늘어진 단추를 달려고
당신이 두고 간 반짇고리를 열었더니
색색의 실꾸리와 헝겊조각들
크고 작은 바늘이 누워 쉬고 있다.

아직도 어떤 바늘은 흰 실로
어떤 바늘은 검정 실로 길을 멈추고
이불홑청 꿰매던 돗바늘은 눈만 껌벅거린 채
안온하게 기댈 어깨 되어주지 못한, 나를
짓무르도록 응시하고 있다.

하루도 편할 날 없이
흰 실로 검은 실로 뜯겨진 삶을 깁던 바늘들
지금 그 곁에 다가서 포개 누우면
지난날 아픈 숨결 다시 해줄 수 있을까

남루한 삶을 깁다가
가끔은 무지개 꿈도 깁다가
얼마나 힘들었으면 골무마저 무너져
열손가락마다 피가 맺혔던 당신, 오늘에야
그 아픔의 바늘이 나를 찌른다.

반에 반쪽의 힘

"백지장도 맞들면 가볍다" 했건만,

하늘이 가까운 폭풍의 언덕에서, 어쩔 수 없이
영혼을 얼싸안고 두 팔 만으로
눈보라를 젖히며 오르는 고난쯤이야
애초부터 다짐을 했었지만,

하늘 가까이 더 가까이
애타는 심장이 재가 돼 영혼이 될 때까지,
밥을 짓고 설거지하고 시장을 보고 빨래도 하고
잠자리에 들어도 아무런 부스럭거림 없어
묵묵히 시린 하늘을 우러러 보는 일상.

춥고 메마른 고적만 켜켜이 쌓인
빈집 안팎을 오직 노을빛으로 말려가는데

언제부터 건초염*이 살그머니 스며 들었던가
왼쪽 손목이 퉁퉁 붓고 통증이 온몸에 전달되었다
수술 후, 통증이 놓아줄 때까지 깁스를 하였다.

반쪽으로도 사는 일에 서툴렀는데
지금 반의 반쪽으로 그 반쪽을 위하여
물을 찍어 세수하는 외로움이 뼛속까지 저려와

뒤늦게, 맞잡을 손이 왜 필요한지 알았다.

---

* 힘줄을 싸고 있는 활액막 자체 또는 활액막 내부의 염증.

석양

날 낳아 기르실 적,
어머니 당신은 기저귀 젖는 소리에도
단잠을 흔들어 일어섰지요.

숟가락 쥐어주며
왼쪽 오른쪽도 알려주시고
흘리는 밥풀은 당신이 삼키었지요.

어느 날, 노환으로 몸져누워
다시 아이로 돌아간 어머니
햇살에도 근심은 마르지 않았지요.

하늘에 거처를 마련하는 동안
당신은 그 어린아이처럼
젖은 기저귀 차고 밥알을 흘리셨지만

나는 당신처럼 하지 못했는데
어찌 꾸지람 한 마디 없이 손을 놓으셨나요.

멀어진 이별 가슴에 별로 떠오르고
한 송이 꽃마다 피고 지는 일,
꽃눈이 질 때가 가까워지면
오가는 그 길 위엔 긴 여정의 고달픈 끝자락,

기저귀 차고
밥풀 흘리고
곱디고운 석양에 젖어 어디로 흘러가시나요.

아름다운 침묵

햇볕 한 점 들지 않는 찬장에
크기 별로 포개진
국화 장미 꽃무늬 그릇들

홀로의 무게를 꿈꾸며
틈새도 없이 앙다문 저 입술
시간마저 잊고 층층이 쌓여 있다.

몇 달 만에 오는 잔칫날에야
무거운 하중을 풀어놓고
제 각기 쓰임새를 마치고 또 다시
다발로 쌓일 꽃의 탑

때로는 부딪쳐 금이 가고
버려지기도 하련만

동그랗게 껴안고 견디어 냄은 꼭
우리 어머니 아버지를 닮았다.

좁은 집에 올망졸망 형제들
참고 껴안는 게 우애라고
가슴 깊숙이 새겨준 부모님 말씀
모두 꽃으로 피어 꽃탑을 이루었다.

꿈

늘그막을 곱게 물들인
아내와 나의 마지막 해외 여행,
미국동부지역 곳곳의 풍광을 색칠해 넣었다.

그때 방문한 하버드대학
가이드 따라 법대 강의실과 도서관을 살펴보며 청운의
꿈에 젖었다.
학교 설립자 존 하버드 동상 앞에서
수인사 나누고 훗날 나의 핏줄도 받아줄 약속을 얻어
냈다.
그분의 왼발을 만지면
3대안에 후손이 이 학교에 입학할 수 있다는 말에,
유난히 반짝거리는 발등을 만지며
아내와 나는 만세 부르듯 환한 웃음꽃을 사진으로 남
겼다.

그 후, 일 년 만에 아내는 홀연히 세상을 떠나고
슬픔에 겨워 나는 늦깎이 시인이 되었다.
두 권의 시집("시간 허물기"와 "노을밭 조약돌")이
하버드대학 도서관에 이방인으로 비치됐다고
출판사가 귀띔해 주었다.

그때 심어둔 우리 소망의 한 자락이었을까?

먼 훗날, 내 후손 누군가가 이 대학에 발을 디밀어
어미 품에 안기듯, 모국어 시집을 펼치고
오래오래 기다린 할애비를 만날 수 있을까.

언젠가 꿈은 이루어지리라.
나는 오늘도 시로 꿈을 꾼다.

동행 3

오랜 허리디스크 통증으로
하얗게 지샌 몇 밤 후에
MRI로 파랗고 붉은 영역을 읽어낸
의사는 수술을 권유했다.

부분 마취로 숨죽인 한낮
예리한 칼, 결 따라 길을 내고
간호사에게 보조 의료기 달라는 소리
오백 원짜리 동전 크기의 세라믹을
척추 4번과 5번 사이에 탁탁탁 끼워 넣는 소리
헐렁한 허리를 꿰맨 소리들이
두 귀에 스며들었다.

회복 중, 소변 줄이 막혔다
아내가 물끄러미 보는 앞에서 나는 끙끙거리고

의사가 요도에 고무호수로 끼워준 소변주머니를
갓 핀 꽃봉오리 같은 백의의 천사는
얼굴 한 번 붉히지 않고 떼어갔다.

알약으로 다독이다가
등허리 부품을 수리한 그 세라믹
기울어진 척추를 지탱해주는 몸의 굄돌,
살이 되고 뼈가 된지 어언 십년

아름다운 어깨동무 같은 동행이란다.

모란꽃 명상

얼굴 붉히며
꽃이 되던 때가 있었다.

푸른 나비로 꽃 속에 안겨
꽃가루 흠뻑 뒤집어쓰고
나도 한 잎의 꽃잎이 되었다.

네가 있었기에,
초가삼간도 진보랏빛으로 물들고
나는 내내 모란으로 불리었다.

지나온 오십여 년,
따뜻했던 꽃의 품속
우리는, 서로의 아랫목 구들장이었는데,

적막으로 묻혀간 늦가을
모란꽃이 피었던 몇 평의 빈 정원에서
비천飛天의 하늘을 우러르며
모든걸 쓸쓸히 견디는
잔인한 십일월.

집사람

타인에게, 집사람을 소개할 때
'아내'라는 말은 안해'로 오청誤聽 되고
'마누라'라는 왠지 비하하는 말로 들리고
'집사람'은 집에 있는 사람이니
이 얼마나 따뜻하고 다정다감한가.

그 집사람이 없는 집,
갓 지은 밥상도 포근한 이부자리도
바깥사람이 퇴근해와도
맨발로 달려 나오는 미소가 없다.
휑하고 쓸쓸한 빈집은 사철 찬바람이 분다.

찬물에 말아 넘기는
목메는 끼니 한술은
눈물 맛이다.

45년 넘도록 켜져 있던 등불,
어느 날, 홀연히 꺼진 내 빈집에도
꼬박꼬박 아침이 오고 저녁이 다녀간다.
더듬더듬 손수 차린 밥상에는
한숨이 반찬으로 오른다.

끝내 집사람을 지켜내지 못한,
함께 못한 남은 세월
다 살아야 당신 곁에 갈 수 있으니
나는 날마다 시간을 과식하며 당신을 핥는다.

늦가을에

해마다 이맘때면
감나무 이파리는, 덜 삭은 저녁노을이다.
모기장 위에 댓잎을 깔고 새 창호지를 발라
떠나는 가을을 배웅한다.

내가 좋아하는
이 사소하고 하찮은 일로
방의 온도를 빼앗기지 않고
가족의 체온을 챙길 수 있었다.

서리에 붉게 물든 감잎
절정의 순간에 등 돌리고 떠나면
시린 한천에 주렁주렁 매달린 연시
배고픈 까치를 부르고

저녁노을이 다 풀릴 즈음,
철새들 보금자리 길 뜨는 하늘가
반쪽으로 떠가는 저 달이 핼쑥하다

시장통 사람들

동대문 광장시장 네거리
오후 4시만 되면 막무가내 길을 막고
연탄불 화덕을 껴안고 전廛을 펼친다.

축 늘어진 거미줄 같은 끈으로
어제나 오늘이나 출렁이며 살면서도
이모라는 소리에 아파할 틈새도 없이
36.5도 삶의 체온을 지키기 위한 몸부림으로
지나는 사람들 눈길을 붙잡는다.

좌판에 목줄을 매단 사람들
준비한 술과 안주들이 손님을 찾고 있다.
돼지껍데기와 오징어 튀김과 닭발로 뒤척이는 삶,
까맣게 타지 않도록 자꾸만 뒤집는다.

그래도 사람들 숲에 와자지껄 부풀은
하루치 삶을 조각조각 짜깁기 하는 사이
저만치 있던 어둠이 먼저 좌판을 걷는다.

하루가, 누구에겐 길지만
또 누구에겐 왜 이리 짧기만 한 걸까.

허공의 돌멩이

녹슨 철조망에 끼인 채
세찬 비바람에도 제 무게를 붙들고
동서로 가로지른 높은 철망을 지키고 있다.

남북을 넘나들던 새들이
바람에 몸을 말리며 한때를 보내도
침묵하던 입,
날개 없는 새가 경계를 넘으면
돌멩이는 입을 연다.

군사분계선을 철통같이 지키고 있노라는
검푸른 제복의 늠름한 모습 그 앞에 서서
지킴이 노릇을 톡톡히 하고 있다.

밤낮이 따로 없는 허공에서
온몸으로 민주와 평화를 지키는 돌멩이들,
우리가 새들처럼 자유로이 넘나들 그 날

동토의 산하에 봄으로 날아가
사랑하는 한 마음으로 손에 손잡고 춤추며
송이송이 평화의 꽃으로 피어나야 해

행로 3

하나와 둘 사이,

수많은 인연 중에 둘이 하나 됐던
그 반쪽도 온전한 내 몸이었다.

하늘과 땅으로 갈라지던 날
반쪽이 나를 통과한 자리
가슴에 구멍 하나 뻥 뚫렸다.

수많은 사람 틈에서도
언제나 모질게 엉켜 붙은 외로움
아득한 별빛의 숨결로 주저앉히며
은하의 징검돌을 건너고 있다.

절로 붉어지는 노을 홀로 삼켜
정결한 영靈으로만 젖어들 수 있는
그날의 촛불을 가슴에 켜고
찾아가는 머나먼 그곳.

하나와 하나 사이,

무수한 고통의 나날, 더디고 외로워도
오직 간절히 가야 할 소망은
둘이 다시 하나 되는 길.

소양강 처녀

기약 없는 기다림 속
세상에 곁 눈길 주지 않고
아무도 모르게 간직한 첫 마음.

기다리는 사람 오지 않는 한낮
사람들 우르르 달려와 사진을 찍을 때
어깨를 내어주고도 웃음을 흘리지 않는 건
결코 포기할 수 없는 첫정 때문이다.

산 아랫마을 봉창마다 별이 뜨면
짝을 찾는 산새의 울음을 홀로 삼키며
무성한 별빛이 마른 눈물로
강변의 빈 배를 적신다.

만날 날 아무리 아득해도
무심한 세월을 낚는 기다림으로
제 살이 다 깎일 때까지
네게로 노를 젓는다.

불면

홀로 밤 깊도록
수심을 떨쳐내지 못한 채
졸고 있던 주전자를 깨워 물을 끓인다.

뜨거운 물컵 안에 번지는
갈색의 그윽한 모카향에 취해
잠은 물거품으로 부서지고…

탁자 위 한 잔의 컵은 외딴 섬일 뿐
끊임없이 깊게 덧칠되는 심연深淵.

밤이 낮과 한 통속이 돼
원두 카페인으로 수면에 빠져 들지 못하고
들끓는 심해저心海底에서
자맥질하는 강제노역이 며칠째.

자주 드나드는 몇몇 카페마다
카페지기는 잠에 빠졌는지 잠잠한데
어찌 야심토록 나만이
깊은 밤을 뒤척이는가.

실업

안개 속 황사먼지에 휩싸여
엘리베이터를 타지 못한 젊은이들
이면도로가 주 활동무대.

빌딩과 빌딩 사이 길목마다
대학시절 일군逸群 일생의 나침반과는 상관없이
구멍 숭숭 난 비릿한 몸으로
Take out 커피숍이나 분식집이 대세.

끼니의 경고음에
아직 귀촌歸村은 낯설고 자본도 없어 하릴없이
빨간 모자에 빨간 앞치마 두르고
가벼운 지갑을 노리며
종일 문 열어 놓고 기다리는 청년들

향긋한 커피향이 긴 골목을 적시고
그립던 명찰, 가슴에 달고 들어서면
떠나갔던 애인보다 반갑다.

모카향 묻혀 돌아서는 뒷모습에
깍듯이 큰절을 하며 하루하루 견디는 나날

올라타야 할 엘리베이터는
문을 닫고 올라간다.

入山

산문에 드니
청풍과 산새들, 발원의 물소리뿐
산은 깊고 높기만 합니다.

밟기도 두려운 산령山靈의 영토,
더 작아지기 위해
입술과 눈꺼풀은 일자로 붙이고
귀는 더 크게 열립니다.

말없이 좌선중인 산이여
허물 많은 이 몸도 받아 주시는지요
다 오르지 못할
먼 산이기에 바라만봅니다.

번뇌로 엉겨 붙은 세염世染
심산유곡 발원의 그 혼령魂靈으로
정갈히 씻어
끝내는 품에 안아 주실는지요.

산의 벼랑에 누워
적막한 내 가슴을 맡기옵니다
햇살의 탄주彈奏로 티끌 없이 마름하여
그 별에 이르게 하옵소서.

빗방울의 무게

방울방울 매달린 빗방울들
품은 별 투명하게 반짝인다.

물방울 하나 그렁그렁 다가와
살그머니 지상을 끌어안으려
꼭 쥐고 있던 허공을 놓는다.

누구의 눈망울이었을까
동아줄이 없는 붉은 피멍울이기에
세상의 마지막 저녁을 맨발로 건너도
닿을 수 없는 머나먼 거리다.

밤새 맺힌 이슬은
발 없는 별들이 다녀간 흔적.

남몰래 달빛 따라온 당신
더는 머물지 못해 풀잎이 울었던가
풀잎이 안고 견딜 별의 눈물이던가
구슬로 꿰둘 수 없는 방울방울.

간밤의 애달픈 그 만남,
지우지 않으려는 풀잎의 시간은 짧고
우러러보는 하늘은 저 멀리 멀기만 하다.

낙조

하루 일을 마친 태양
산등성이를 넘을 때마다 서산은
말없이 어깨를 내어준다.

하늘가에 붉은 이불 한 장 펴고
내일의 황금빛 잉태하여
둥글게 오늘처럼 굴러오겠지.

반달은 서편에 저만치 떠
부엉이 울음소리로 깊어가는데
거처를 알 수 없는 그 사람,
초조한 기다림을 대문에 걸어두고
붉은 입술만 타들어간다.

어둑어둑 저무는 골목
해님처럼 궤도를 일탈하지 않는
일몰을 맞을 수 있을까

잉걸불

고무함지에 담긴 미꾸라지에 소금을 뿌린다
콩 튀듯 팥 튀듯 하는 저 몸부림
온몸으로 뒤척이지만 뻘밭은
그 어디에도 없다.

소금을 피하려
서로를 밀치며 혼절해 가는
저 율동을
사투
사투死鬪라고 해야 하나

한참 뒤에
손가락 틈새도 비집고 도망치던
미끄덩거림도 비린내음도 서서히 무너져
내장마저 통제로 다 내준 삶.

나른한 삼복 더위를
보글보글 끓이는 무쇠 솥
복伏에 지친 소금기 밴 땀방울이
뚝뚝 떨어지고 있다.

행인도 골목도
세상은 잉걸을 품고 있는
외통 찜통 더위 속.

못論

아무 데나 박는 게 아니다.
달력이나 가족사진이나 풍경화도
제자리를 찾아 매달아야 한다.

가족이나 연인, 친구나 상하간이나
이웃이나 멀리 있는 사람도
모든 심장은,
못의 상처를 거부하는 펌프질로 뛰고 있다.

잔잔한 호수
한 잎의 낙엽도 파문을 만들고
돌멩이가 던져진 순간
호수의 심장에 깊이 틀어 박힌다.

벽에 몸을 반쯤 묻고 사는 못
그의 뼈가 녹슬면
붉은 흔적이 남는다.

미운 정 고운 정 함께했던 한세월
찰나에, 사소한 일로도 저만치 멀어질 수 있다.
혹여, 나 대못 질 한적이 없었는지
수시로 되돌아 보아야 붉은 흔적이 남지 않는다.

하늘길

평생 하늘을 이고 살면서도
우러러 보지 않은 게 죄가 돼
당신을 내게서 앗아갔나 봅니다.

햇볕조차 등짐처럼 무겁고
하늘빛은 왜 이리도 시린지요.
은하너머에서 찾은 별 하나
언제나 내 심장에서 숨 쉬고 있답니다.

땅과 하늘 사이에 마음 둘 곳은
오직 보라향기 모락모락 이는 그곳뿐
밤새워 날아갔지만 환히
밝아오는 새벽에 쫓기듯 돌아 왔습니다.

헐떡이는 숨결로 햇볕 뒤에 숨어
햇살을 빗질하며
밥 짓는 연기처럼 그곳에 긴히 젖고 싶어도
그곳은 너무나 아득해

남은 한세월 날아가야만 하는
머나 먼
당신이 만든 하늘.

재회

그 머나먼 길,
붙잡을 순간도 주지 않고,
홀로 떠나보내고 돌아선 산모퉁이
오장육부 녹아내린 그 아픔 알기나 했던가.

홀연히 떠났던 당신도
혼자서 뼈를 삭힘이 얼마나 고통스러웠을까?

지상에서의 걸음걸이
빠름과 느림으로 함께 할 수 없는 동안
쉽사리 좁혀지지 않는 허공에
마르지 않을 눈물 매달아 놓고

텅 빈 방문을 열고 나와
아득한 하늘을 바라보던 그 간절함으로
해와 달 따라 가노라면

아무리 멀고 멀어도
언젠가는 당신에게 다다를 수 있으려니,
우리 다시 만나자. 맨 처음 그때처럼…

홍매화

혼곤한 봄은
아직도 잔설 밑에 잠든 채
양광陽光을 쬐고 있는데

겨울과 봄 사이에
햇살이 서투르게 빚어낸
때 이른 사계절의 초경初經이
빈 가지에 걸려 있다.

옆집 총각, 불타는 눈빛에
귓불이 빨개진 사춘기 소녀
붉은 입술 깨물린 돌담 곁,

춘설보다 빨리 익어
햇살을 온몸에 비벼보고 싶어
낯이 붉어져 살포시
분홍빛 연정 터뜨리는

등대

 — 海安富國*

절해고도 절벽 낭떠러지에서
폭풍우 천둥번개도 맨몸으로 삼키고
망망대해 주시하며 서 있다.

길이 사라진 칠흑의 밤
먼 길 오가다 지친 수많은 뱃길
성난 파도에 빠져 헤맬까 봐
어둠을 뚫고 천리만리
마중 나가는 불빛.

오직 사랑으로 빚어
기어이 어둠도 안개도 사르고
길을 내 검은 해역을 지키는
불멸의 횃불이다.

밤새 등불을 켜고 길목에 서서
집 나간 자식을 기다리는
어머니의 타는 가슴이다.

海晏
世界 一瞬
清王
徐京保
爲 清平地方海運港灣
廳長 金元明 書右

* 제주지방해운항만청장 재직(1965년~1966년)시 일붕
서경보 스님께서 입적하시기 직전에 해상안전을 위하여
써주신 휘호.

작품해설

김원명 시인의 시세계

재회를 꿈꾸는 바람의 시

黃松文

(詩人 · 선문대 명예교수)

아리스토텔레스는 희망이란 눈뜨고 있는 꿈이라했는가 하면, 잠자고 있지 않은 인간의 꿈이라고도 말했다. 그리고 도스토예프스키는 꿈을 밀고 나가는 힘은 이성이 아니라 희망이며, 두뇌가 아니라 심정이라고 했다.

영국의 격언 중에는 "큰 희망은 위인을 만든다."거나 "인간의 최대의 행복은 희망을 갖는데 있다."는 말도 있다. 또한 희망은 신앙의 원천이기 때문에 그것은 현명한 자에게 기운을 주는 것 같다는 C.A.바톨의 말에도 공감한다.

이번에 제4시집 『겨울 조각달』을 상재하는 김원명 시인의 시편들을 살펴보면서 느낀 상념들이 바로 이런 '희망의 꿈꾸기'라 하겠다. 그렇다면 어떤 희망의 꿈꾸기인가.

김원명 시인의 100여 편의 시작품가운데 가장 먼저 눈길을 끄는 작품은 「조각달」이었다. 그리고 「반짇고리」와 「독」이었다. 이 시편들은 김원명 시인의 희망사항을 단적으로, 그리고 절실하게 표현하고 있기 때문이다.

우선 「조각달」부터 살펴보고자 하다.

어스름 저녁이 오면
한 켠이 휑하니 비어 있음은
옆구리 시린 홀수의 시원이다.

서산에 걸린 초승달
유리창을 넘어올 듯한 하현달
빛과 그림자 사이에 묻혀
애절함으로 떠가는데

가슴에 고인
보고 싶다는 한 마디로는 채울 수 없어
밤마다 베개에 적시며
여윈 얼굴을 씻긴다.

오늘밤도 저만치 떠가는
네가 그리워 창문을 활짝 열고
반쪽의 사랑법을 익히고 있다.

– 「조각달」전문

이 '조각달'은 조각 편片자 '편월片月'을 말한다. 그것은 전체 중의 부분을 의미한다. 부부일신이 전체라면 그게 분리된 상태가 편월이요 조각달이다. 어스름 저녁이 오면 이 시인은 벌써 가슴(옆구리) 한편이 비어있는 공허를 느낀다. 그것은 짝수를 잃고 나눠진 홀수로서의 아픔이다.

'초승달'도 '하현달'도 모두 잃어버린 홀수로서의 고독한 존재로서의 발성이다. 부부일신상태가 만월이라면, 영결종천의 상태는 각각의 편월이다. 이승의 편월이 저승의 편월을 그리워하는 심사가 가슴 저리게 절실히 표현되고 있다.

영결종천이 아니라 각자 떨어져 사는 부부도 해외에서 체류하는 동안에는 해가 지고 어두워지게 되면 쓸쓸함이 밀려오기 마련인데, 하물며 부인을 저승으로 보내고 이승에 홀로 남은 시인의 그 절실한 고독은 얼마나 심란하겠는가. 독자의 가슴까지 저리게 하는 시라 하겠다.

축 늘어진 단추를 달려고
당신이 두고 간 반짇고리를 열었더니
색색의 실꾸리와 헝겊조각들
크고 작은 바늘이 누워 쉬고 있다.

아직도 어떤 바늘은 흰 실로

어떤 바늘은 검정 실로 길을 멈추고
이불홑청 꿰매던 돗바늘은 눈만 껌벅거린 채
안온하게 기댈 어깨 되어주지 못한 나를
짓무르도록 응시하고 있다.

하루도 편할 날 없이
흰 실로 검은 실로 뜯겨진 삶을 깁던 바늘들
지금 그 곁에 다가서 포개 누우면
지난날 아픈 숨결 다시 해줄 수 있을까

남루한 삶을 깁다가
가끔은 무지개 꿈도 깁다가
얼마나 힘들었으면 골무마저 무너져
열손가락마다 피가 맺혔던 당신, 오늘에야
그 아픔의 바늘이 나를 찌른다.
                              －「반짇고리」전문

　이 시는 환유換喩로 되어 있다. 여기에서는 이승을 하직
하고 저승으로 먼저 간 부인을 바늘로 환유하고 있다. 즉
부인과 관계되는 대상을 부인과 동일시하고 있는 것이다.
　김원명 시인은 부인이 즐겨 사용하던 '반짇고리'를 통하
여, 그리고 거기에 포함되어 있는 '바늘'을 통하여 부인을 유
추하게 되고 부인에게 향하는 '그리움'을 절절한 '아픔'으로

느끼게 된다. "그 아픔의 바늘이 나를 찌른다."는 결구結句
는 이를 단적으로 입증하는 표현이라 하겠다.

> 둘이서 들기에도 무겁고
> 놓아버리면 깨지고 말 질그릇,
> 그것이 나의 삶이었다.
>
> 그토록 힘겨운 짐을 끌어안고
> 탓하지 않고 사느라
> 젖은 땀방울 위에 먼지만 덧칠했는데
> 맑은 물로 씻겨주지 못했다.
>
> 얼마나 버거웠기에 내려놓았을까.
> 그 둥근 안팎에 고인
> 억척스런 세월로 가득 채워
> 아등바등 이룬 일가(一家).
>
> 네게로 젖어 드는 숨결
> 지금 홍시 빛 노을에 머물러
> 적막에 휩싸인 그 독안의 우주를
> 하염없이 바라본다.
>
> — 「독」 전문

이 시는 '독'이 의인화되어 있다. 가정사를 힘겹게 감내하는 부인에 향하는 애틋한 정서가 감동적으로 다가온다. 여기에 등장하는 풍신한 독은 타계한 부인과 동일시되고 있다.

한 끼라도 거르면 팔다리 맥이 풀려
한 생 고달프게 쫓아다닌 밥
빈 항아리 긁는 바가지 소리로
칠부 능선의 산행이 먹먹했는데

지난해 동짓달 내게도 임종 시까지
사계절 내내 출하 가능한 배추밭 한 떼기 생겼다.
땡볕, 가뭄, 폭풍우와 폭설에도
삽이나 쟁기 없이도
매월 추수가 가능한 저 배추밭,

풍요롭진 않지만 삼시 세끼 걱정 없다.
자식들 걱정시키지 않고
손자 손녀에게 약간의 용돈도 줄 수 있다.
산비탈에 이 한 몸 누울만한 밭,
똬리를 틀고 동면에 들
남은 세월이 그곳에 웅크리고 있다.

노구(老軀)에 다시 기를 넣어준
영농일지를 은행 단말기에 넣으면

매월 또박또박 들어오는 일백만 원,
내 목줄을 매달아 점점 낯익어가는
농장이름은 주택연금.
　　　　　　　　　－「배추밭 농장 2」 전문

　기지機智가 번득이는 작품이다. 주택연금을 배추밭 농장
으로 유추한 은유적 표현이 특이하다. '돈'을 '배추'로 변형
시켜 유추하는 데서 이 시의 착상은 비롯된다. 소설에서의
반전처럼 이 시는 결말에 가서야 배추밭농장의 본의本意를
드러내고 있다. "농장이름은 주택연금"이라고.
　감추어진 페이소스에 코믹한 재미를 주는 시이기도 하
다. 이런 시도 더러 있어야 암담하고 답답한 세상을 활기찬
세상으로 숨을 돌리며 살 수 있겠다는 느낌도 갖게 하는 작
품이다.

바람과 볕이 가시 사이를 비집고
시디신 향기 덧대어
감치는 개금(改金)*

늦가을, 밤 귀뚜라미
시린 적요를 어디로 끌고 가는지
농익은 가을이 절룩거리면

창천은 저만큼 멀어져만 간다.

*佛像에 금칠을 다시 함.
―「탱자나무」중 2연과 3연

한때는 싱싱한 발길로 이 길 오갔지만
지금 흐릿한 눈빛으로
어둠에 쫓겨 썰물처럼 흩어지는 노인들

무심히 흐르는 시간은
얼마나 무서운 속도인가

낭떠러지에 내몰려
떠내려 가지 않을 수 없는
이 유목을 어떻게 읽어야 하나

철따라 오가는
지루한 휴식이 이 도시를 떠돌고 있다.
―「빙하기 고엽」중 후반부

아내가 홀연히 떠난
11월, 1자 하나로만 남은 나는
서릿발에 젖은 옆구리가
시리도록 꽁꽁 얼어붙었다.

더는 냉기 스며들지 않도록
삼남매가 문풍지 두 겹 세 겹 바르고
구들장에 군불을 지폈어도
한쪽이 푹 꺼진 이부자리엔 늘
혹한의 1월이 누워 있었다.

머잖아 망 팔순인 독거(獨居)의 창에
한천을 지나던 하현달
내 잠을 쪼아 먹고도 한쪽이 텅 빈 채
서리꽃 유리창에 얼비친다.

− 「11월」 중 2연, 3연 5연

　앞의 시 「탱자나무」는 몇 가지 낱말들을 분석하면 이 시
인의 심리상태를 파악할 수 있다. 김원명 시인이 탱자나무
에 특별한 관심을 보이는 것은 그 사물과의 공통된 상사성
相似性을 암시한다. 이 시인은 완벽한 탱자나무처럼 강인하
면서도 눈꽃과 나비의 청순한 심령으로의 성숙을 바란다.
이는 지고지순한 인격도야라 해도 좋고 개성완성이라고
해도 상관없다.
　마치 도금을 한 듯한 탱자의 빛깔과 향기 같은 미의식을
살리고자 한다. 산뜻한 하늘을 배경으로 미의 극치를 꿈꾸
면서도 '가시'와 '향기'의 대조적 모순의 조화는 시정신의
정좌라 하겠다.

그 다음의 「빙하기 고엽」과 「11월」, 「늦가을 벤치」, 「겨울 뒤편」 등은 황혼의 애상을 그린 작품이다.

끝물 드는 이 계절에도
제 자리에 서 있는 나무들
날로 깊어지는 찬 서리에
구멍이 숭숭 뚫린 채
제 무게를 덜고 있다.

노을처럼 붉은 가을옷을 껴입고
벤치에 날아든 오동잎 한 장
식어가는 내 몸을
따뜻하게 데워주고 있다.

　　　　　　　　　　－「늦가을 벤치」 중 후반부

찬비 그치고
어제보다 매서운 바람이 엄습해온다.
하늘에 길을 내던 오동나무
계절의 마지막 빛깔마저 내어주고
살벌한 계절을 버티고 있다.

하늘을 가리던 숲이 무너지고 그늘을 지운
헐렁한 나무들

새들이 앉았던 그 자리
새 울음이 말랐다.

-「겨울 뒤편」 중 전반부

다음으로 이어지는 시「꿈」은 몽환적인 꿈을 의미하는 게 아니다. 부인과의 마지막 여행을 끝으로 영이별을 한 후 이승에 홀로 남은 채 시인이 되고, 순애보 성격의 시집을 상재하였는데, 그 시집이 하버드대학 도서관에 꽂히게 된다. 여기에도 후손이 잘 되기를 바라는 염원이 진솔하게 표현되어 있다.

늘그막을 곱게 물들인
아내와 나의 마지막 해외 여행,
미국동부지역 곳곳의 풍광을 색칠해 넣었다.

그때 방문한 하버드대학
가이드 따라 법대 강의실과 도서관을 살펴보며 청운의 꿈에 젖었다.
학교 설립자 존 하버드 동상 앞에서
수인사 나누고 훗날 나의 핏줄도 받아줄 약속을 얻어냈다.
그분의 왼발을 만지면
3대안에 후손이 이 학교에 입학할 수 있다는 말에,

유난히 반짝거리는 발등을 만지며
아내와 나는 만세 부르듯 환한 웃음꽃을 사진으로
남겼다.

그 후, 일 년 만에 아내는 홀연히 세상을 떠나고
슬픔에 겨워 나는 늦깎이 시인이 되었다.
두 권의 시집(『시간 허물기』와 『노을밭 조약돌』)이
하버드대학 도서관에 이방인으로 비치됐다고
출판사가 귀띔해 주었다.

그때 심어둔 우리 소망의 한 자락이었을까?

먼 훗날, 내 후손 누군가가 이 대학에 발을 디밀어
어미 품에 안기듯, 모국어 시집을 펼치고
오래오래 기다린 할애비를 만날 수 있을까.

언젠가 꿈은 이루어지리라.
나는 오늘도 시로 꿈을 꾼다.
－「꿈」 전문

　김원명 시인의 재회 바람 시의 꿈꾸기는 현실적인 실현성
여부는 문제되지 않는다. 우리들이 살고자하는 언어의 집은
현실 이상의 원망공간願望空間에 있기 때문이다. 여기에서

약간 비켜선 이야기지만 그의 부인과의 한 때도 원망공간의 한 편린에 해당된다.

그의 시 「꿈」이 기교 형식에는 신경을 쓴 흔적이 보이지 않아도 무리 없이 읽혀지는 시라 하겠다. 부인과의 미국 여행에서 하버드대학과의 인연은 시로 말미암아 전개된 양상이다. 그의 시는 결국 '시의 꿈꾸기'에 목표가 설정된다.

시를 통해서 부인과의 재회 바람의 꿈꾸기로 요약된다. 그는 여기에 혼신을 기울여 단판을 지을 자세다. 그래서 그의 시에는 되살아나곤 한다. 그 열정적 치열성에 의해서 「조각달」이나 「반짇고리」, 「독」 등의 시가 탄생하게 되었다.

> 그 머나먼 길,
> 붙잡을 순간도 주지 않고,
> 홀로 떠나보내고 돌아선 산모퉁이
> 오장육부 녹아내린 그 아픔 알기나 했던가.
>
> 홀연히 떠났던 당신도
> 혼자서 뼈를 삭힘이 얼마나 고통스러웠을까?
>
> 지상에서의 걸음걸이
> 빠름과 느림으로 함께 할 수 없는 동안
> 쉽사리 좁혀지지 않는 허공에

마르지 않을 눈물 매달아 놓고

텅 빈 방문을 열고 나와
아득한 하늘을 바라보던 그 간절함으로
해와 달 따라 가노라면

아무리 멀고 멀어도
언젠가는 당신에게 다다를 수 있으리니,
우리 다시 만나자. 맨 처음 그때처럼…

—「재회」전문

　이 시「재회」를 마지막으로 살펴보았는데, 이 시는 해설
의 필요를 느끼지 않는다. 은폐되어 있지 않아서 찾아낼 필
요을 느끼지 않기 때문이다. 그동안 집중해서 살펴본 11편
의 시를 빈도수로 확인해 본 결과 가장 많은 빈도수를 보인
시의 낱말은 가을(6)이었고, 하늘(4)과 꿈(4), 바늘(4)이 그
뒤를 이었으며, 아내(3)와 계절(3), 그리고 2회 나타난 낱말
은 가슴, 겨울, 길, 노을, 나무, 눈물, 밤, 벤치, 배추밭, 시간,
새, 어둠, 향기, 한천, 하현달 등이었다.

　계절을 나타내는 낱말의 경우 봄과 여름은 없고, 가을과
겨울이 두드러지게 많은 게 확연히 드러나 있다. 여기에서
특히 주목되는 점은 '하늘'과 꿈, 바늘, 아내 등이 선두의

빈도수를 차지하고 있다는 점이다. 이는 단적으로 말해서 시편들 상당수가 사별한 부인과의 재회를 바라는 시의 꿈꾸기로 집약될 수 있다는 점이다.

시편에 나타난 그의 가을은 결실과 만추晚秋의 계절이다. 알밤이 저절로 벌어져 떨어지듯 그의 의식 심층에는 아내의 곁으로 저절로 수월하게 가지기를 기원하는 희망공간이 내재되어 있다. 그러니까 그의 시간관념은 늦가을과 한겨울이 맞닿아있다. 그리고 '하늘'과 '꿈'이 '아내'의 '바늘'과 함께 그러한 바람의 분위기를 돕고 있다.

여기에서의 '하늘'은 단순한 허공의 하늘(sky)이 아니라 거룩한 절대세계가 영존하는 하늘이요, 그리움의 대상과의 상봉 공간으로서의 사랑의 보금자리로서의 하늘을 의미한다. 따라서 이번 제4시집 『겨울 조각달』에 나타난 김원명 시인의 시세계는 그리움의 대상과의 상봉을 위한 바람 시의 꿈꾸기로 집약된다.

여기에서의 시를 통한 시련 고통이 저기에서의 만남을 통한 희열이 뭉게구름처럼 뭉게뭉게 피어오르는 듯하다.

∴ 지은이 _ 김원명金元明

· 전남 해남 출생
· 동국대학교 법정대학 법학과 졸업
· 해운항만청 목포지방해운항만청장
· 해운항만청 제주지방해운항만청장
· 해양수산부 부이사관 명예퇴직
· 근정포장 수상
· ㈜ 한국항만기술단 부회장
· 문학사계 시 부문 등단(2008년 봄호)
· 한국문인협회회원
· 시집 『모란을 찾아서』(문학사계, 2010)
· 시집 『시간 허물기』(새미, 2012)
· 공저 『사금처럼 빛나는』(문학사계, 2012)
· 시집 『노을밭 조약돌』(새미, 2013)
· 전화번호: 011-9942-2584
· E-mail : ksyj21405@hanmail.net

HIZING 20

겨울조각달

| 초판 1쇄 인쇄일 | | 2015년 3월 25일 |
| 초판 1쇄 발행일 | | 2015년 3월 26일 |

지은이		김원명
펴낸이		정진이
편집장		김효은
편집/디자인		김진솔 우정민 박재원
마케팅		정찬용 정구형
영업관리		한선희 이선건
책임편집		우정민
표지디자인		박재원
인쇄처		월드문화사
펴낸곳		국학자료원 새미 (주)

등록일 2005 03 15 제25100－2005－000008호
서울특별시 강동구 성안로 13 (성내동, 현영빌딩 2층)
Tel 442－4623 Fax 6499－3082
www.kookhak.co.kr
kookhak2001@hanmail.net

| ISBN | | 979-11-954640-7-4 *04800 |
| 가격 | | 12,000원 |